Pequeño TIM Y EL FANTASMA

de Ebenezer Scrooge

Pequeño TIM Y EL FANTASMA

de Ebenezer Scrooge

Adentro Nuevos Villancicos Navideños

La secuela de Un Villancico Navideño

Norman Whaler

Para mi esposa, Patricia Aybar Whaler,
quien falleció el 19 de noviembre de 2011.

Cariño, cada día te amo más. Doy gracias a Dios por Su
gracia y por cada momento que me concedió estar contigo.

Aquellos sobre la roca son los que, cuando oyen la palabra,
la reciben con gozo. Pero estos no tienen raíz; crecen
por un tiempo y a la hora de la verdad sucumben.
—Lucas 8:13

Les he hablado de estas cosas para que en mí
tengan paz. En el mundo tendrán aflicción, pero
¡tengan valor; yo he vencido al mundo!
—Juan 16:33

No temas, porque yo estoy contigo. No desmayes, porque
yo soy tu Dios. Te fortaleceré, y también te ayudaré.
También te sustentaré con la diestra de mi justicia.
—Isaías 41:10

Tiny Tim Cratchit

Reconocimientos

¿Alguna vez se ha preguntado qué sucedió con Pequeño Tim después de que no murió y de que Ebenezer Scrooge se convirtió «en el amigo, amo y hombre más bueno que se conoció en la vieja y buena ciudad»? Nosotros ciertamente lo hicimos, y tenemos la esperanza de que muchos lectores alrededor del mundo quieran leer sobre Pequeño Tim y el Fantasma de Ebenezer Scrooge para descubrirlo. Fue esta pasión por todas las cosas de Dickens, el creador de todos los reconfortantes personajes en *Un Villancico Navideño* que comenzó este agradable viaje para nosotros.

Para alcanzar la continuidad en este libro, las vidas de Pequeño Tim, Ebenezer Scrooge y Bob Cratchit se entrelazan como eran antes con las vidas que les siguieron. Este pequeño libro de Navidad trata de responder algunas de las preguntas serias que muchos de nosotros tenemos sobre el verdadero significado de la fe y sobre dónde está Dios en nuestras vidas cuando cosas malas les pasan a las personas buenas. Pero un tema que siempre está presente es que la vida continúa, como también lo hacen las buenas acciones, «y luego pasar el espíritu de dar a quienes han de seguirlo». Todos somos responsables, incluso en la más pequeña medida, por el tipo de mundo en el que vivimos.

Estamos muy agradecidos por el gran honor que es escribir la secuela de *Un Villancico Navideño* y por exaltar al genio de Charles Dickens, sin cuyos personajes maravillosos este libro no habría sido escrito.

Que las bendiciones de la Navidad los iluminen.

Contenido

Capítulo 1 Qué Sucedió Antes. 1

Capítulo 2 Scrooge Está Muerto 3

Capítulo 3 El Regreso 21

Capítulo 4 El Fantasma 30

Capítulo 5 La Última Aparición 41

Capítulo 6 Un Nuevo Espíritu de Navidad 56

Canciones de Los Villancicos Navideños 67

Have A Very-Very Merry-Merry Christmas
[Que Tengas Una Muy-Muy Feliz-Feliz Navidad] 68

Christmas All Year 'Round
[La Navidad Dura Todo El Año] 70

Ring-Ring-Ring The Bells
[Suenan-Suenan-Suenan Las Campanas] 72

O' Come, You Christmas Carolers
[Vamos, Villancicos Navideños] 74

Créditos de las ilustraciones 77

Ilustraciones

Pequeño Tim Cratchit. vii

«♩ Have a Very-Very Merry-Merry Christmas ♩»
[Que Tengas Una Muy-Muy Feliz-Feliz Navidad]. 6

Becky y Tim 8

La Tormenta 10

¿Un poco de acebo para su Navidad?. 13

Rezando Por Un Milagro 20

«Tiiiiiiiiimm...» 24

El Fantasma de Scrooge 31

El Viejo Scrooge 35

Becky y Jimmy. 53

El Rostro de Dios 55

¡La Mañana de Navidad!. 58

Encontrando a Becky 61

La Reunión 65

CAPÍTULO 1

Qué Sucedió Antes

Diciembre de 1857
Época de Navidad, Londres

El letrero sobre la puerta del almacén estaba desgastado y desteñido, pero todavía podía leerse con facilidad: Scrooge & Marley & Cratchit. La palabra *& Cratchit* podía apreciarse como una adición al letrero original por la claridad de las letras y la manera como fueron grabadas en un ángulo descendiente en un pequeño espacio que quedaba después del nombre Marley.

Al principio, las oficinas habían sido de Ebenezer Scrooge y su socio comercial, Jacob Marley. Cratchit fue añadido al letrero unos siete años después de la muerte de Marley, pero el letrero original nunca fue repintado y el nombre de Marley nunca fue borrado. La firma ahora era conocida como Scrooge & Marley & Cratchit. Esto causaba algo de confusión para quienes eran nuevos en el negocio quienes llamaban a Cratchit «Cratchit» o algunas veces «Marley» o «Scrooge», pero siendo un hombre bueno y humilde, él respondía a los tres para no avergonzarlos.

Bob Cratchit había sido ayudante de ambos, de Scrooge y de Marley (antes de que Marley falleciera), y llegó a ser socio minoritario de Scrooge en la firma hace catorce años. Ahora, justo siete días antes de Navidad, él es socio pleno con el sobrino de Scrooge, Fred, desde que Scrooge falleciera.

CAPÍTULO 2

Scrooge Está Muerto

¡Sí! Para comenzar, el viejo Scrooge está MUERTO. Lo juro, o no estaría diciéndoles esto justo en este momento. El viejo Scrooge está muerto como una ostra. Entiendan, no estoy diciendo que yo sepa por qué casi siempre se usa a la ostra para describir a una persona fallecida, pero cuando aparecen en el plato de mi cena, esta siempre ha sido su condición física. Así que, mi frase «¡muerto como una ostra!» es valedera. Tengo la esperanza, y rezo por ello, de que lo acepten como verdad para que algo maravilloso surja de la historia que están por escuchar.

Pequeño Tim Cratchit, el pequeño hijo cojo de Bob Cratchit, y el viejo Scrooge fueron inseparables. Desde ese momento cuando Scrooge se hizo amigo del pequeño hijo de su ayudante, cuando este casi fallece, nunca más se alejaron. Scrooge, de hecho, fue como un segundo padre para Tim, muy de cerca después de su amado padre verdadero, Bob. Uno podría incluso decir que Tim debía su robusto y saludable cuerpo y su vida a este hombre, quien en alguna oportunidad solo había sido el egoísta y «esquinado como el pedernal»

Scrooge. ¡Oh sí! Él había sido un «tacaño, avaro, cruel, desalmado, miserable, codicioso incorregible, duro y esquinado, pero del cual ningún eslabón había arrancado nunca una chispa generosa». Pero al final de sus años, Scrooge había experimentado un cambio milagroso en su actitud hacia la vida y se había transformado en el benefactor más considerado, amable, preocupado, desprendido, generoso y cariñoso «que se conoció en la vieja y buena ciudad o en cualquier otra buena ciudad, pueblo o parroquia del bueno y viejo mundo».

Pero ahora, después de una larga vida, aquí yace, las velas a ambos lados de su ataúd parpadeando, agitadas por el viento que soplaba a través de las grietas en las ventanas. Su féretro era sencillo quizás solo a un paso de ser paupérrimo —este había sido el deseo de Scrooge cuando él mismo hizo los arreglos de su propio funeral hace algún tiempo atrás. «Nada sofisticado, recuerda, cualquier cosa servirá», le había dicho al director de la funeraria en aquel entonces.

Allí estaba Scrooge, con su cabello blanco reluciendo en su cabeza y en sus cejas sobre un rostro con pliegues profundos desgastado por el tiempo. En reposo, Scrooge tenía un aspecto tranquilo, sin preocupaciones, que bien pudiera decirse era angelical. Sus manos estaban colocadas sobre su pecho y desde la entrada de la habitación tenía la apariencia de que solo estaba durmiendo o rezando antes de que Morfeo lo derrotara.

Nadie había venido a visitar a Scrooge todavía, pero esto se debía a que el director de la funeraria tuvo dos clientes esa misma tarde y un solo féretro para ambos. Scrooge, por haber fallecido después del primero y ocupar el segundo puesto en la fila, tuvo que esperar hasta que pudieron encontrar un féretro para él. Después de todo, quien llega primero se atiende primero.

Ahora, a través del cristal congelado de la ventana del frente de la funeraria, un rostro apareció —sin lugar a dudas, era Bob Cratchit. Después de contemplar por un tiempo como si estuviera sumergido en un pensamiento muy profundo, Cratchit desapareció y, en breve, las bisagras de la puerta principal agonizaban seguidas por el sonido de pasos que avanzaban por el pasillo hacia donde yacía Ebenezer. Cratchit se detuvo en la entrada de la habitación casi como si esperara que el hombre en el féretro al otro lado del salón le invitara a «entrar». Entonces, después de unos pocos momentos de vacilación, caminó despacio hasta el costado del ataúd de Scrooge y lo contempló pensativamente.

Inmediatamente, cálidas memorias de Scrooge inundaron la mente de Cratchit mientras miraba el rostro gentil de Scrooge y recordaba cuando Pequeño Tim cojeaba con su pequeña muleta a través de la nieve en el invierno hacia los brazos abiertos de Scrooge y, después, cuando Pequeño Tim ya no cojeaba, el viejo hombre lo observaba patinar sobre el hielo en Cornhill, dándole ánimos y aplaudiendo con satisfacción cuando le veía venir.

Cratchit regresó abruptamente al presente cuando la puerta principal crujió nuevamente y podían escucharse los pasos que lentamente se acercaban sobre el piso vacío del pasillo. Estos se detuvieron justo antes de la entrada de la habitación, y nadie apareció. Cratchit esperó con expectativa, dudando por un momento si él había imaginado todo eso. Pero luego, entre las sombras, pudo ver a un hombre joven y delgado enmarcado por la entrada. El apuesto rostro marcado por la pena era el de Pequeño Tim. Estaba parado allí, sin moverse, en este recinto final, sus ojos fijos en el féretro de su amigo, el Sr. Scrooge. Luego, después de lo que a Tim le pareció una cantidad de tiempo misericordioso para ajustarse a la realidad de la escena, Bob Cratchit extendió su mano hacia su hijo y le dijo gentilmente, «Ven Tim, ven hacia acá con nosotros ahora».

Tim avanzó despacio hacia el féretro y miró el rosto tranquilo de Scrooge. Todo parecía tan injusto, tan irreal, como si en cualquier momento Scrooge pudiera despertar y ellos estarían juntos otra vez, riendo y abrazándose como lo hicieron tantas veces.

Después de otro momento, Cratchit se movió silenciosamente del costado del ataúd de Scrooge, dejando solo a su hijo allí con sus pensamientos. Tim estuvo parado allí por largo tiempo y luego, como un gesto de amor, puso su mano sobre las manos entrelazadas de Ebenezer. Casi en un instante, era nuevamente un niño pequeño con su mano pequeña en la mano enorme de Scrooge, caminando juntos sobre la nieve, felices y riendo. Pero ahora, todo eso se había ido, y él lo sabía, y nunca más regresaría.

«¡No! ¡No es justo!», gritó Tim, volteando hacia su padre quien estaba sentado en una silla que había sido dispuesta para un visitante. «¡No es justo! ¡No es justo, padre!» Repetía Tim con sus ojos inundados de lágrimas. Dicho esto, abandonó abruptamente la habitación dejando a su padre solo con Scrooge.

Una vez afuera, corrió por la calle, pasando junto a villanciqueros que cantaban «♪ *Que Tengas Una Muy-Muy Feliz-Feliz Navidad* ♪», y a las pequeñas bandas de hombres y mujeres con trompetas y tambores, todos unidos para celebrar la Navidad. Finalmente, Tim llegó a casa y se metió a la cama con su pena.

«♪ *Que Tengas Una Muy-Muy Feliz-Feliz Navidad* ♪ »

Mientras tanto, en ese mismo momento en una calle muy transitada en el distrito del viejo mercado de Londres, Becky, una jovencita muy determinada y el amor de la escuela de Pequeño Tim, estaba haciendo su mejor esfuerzo para vender ramitos de acebo a las personas que pasaban apresuradas, muchos con sus rostros hacia el suelo para protegerse del viento y de la nieve.

Ella había estado de pie, afuera en el frío, por horas, solamente con un chal delgado y desgastado sobre sus hombros para protegerse del invierno, y pacientemente miraba a cada rostro que pasaba y le preguntaba «¿Un poco de acebo para su Navidad?»

Repentinamente, Becky miró hacia abajo para ver su vestido desgastado y se percató de que no había tenido éxito al tratar de esconder el jirón que había descubierto esa mañana cuando se estaba vistiendo. Se sentía mortificada y avergonzada. Por milésima vez, se preguntó a sí misma por qué había caído tan bajo. Ella simplemente no lo sabía.

Primero, una cosa salió mal en su vida. Luego otra. Y otra. A medida que las damas y los caballeros pudientes continuaban pasando, muchos reparaban en sus ojos y pretendían no notar su aspecto andrajoso. Algunos incluso casualmente cruzaban la calle para no tener que pasar junto a ella en la acera y hablar con ella. Pero los peores eran aquellos que con su nariz estirada, abiertamente mostraban su disgusto y su desdén con comentarios hirientes, dejando muy en claro para todos sus sentimientos sobre el asunto de su presencia en *su* calle. Parada allí en el medio de la acera, por un breve momento, las voces hirientes se desvanecieron a medida que Becky escapaba hacia otro mundo, hacia el de sus propios pensamientos.

Becky y Tim

Ella había sido muy feliz ya hace mucho tiempo atrás. Si bien había sido hace menos de una década, Becky la recordaba como una caricia. Pero el joven hombre del que ella estaba tan enamorada no era el adecuado para su rica familia de alta sociedad, y estos le exigieron que olvidara sus sentimientos hacia él. Pero Becky nunca lo hizo. Ella recordaba las palabras que con tanta frecuencia había pronunciado para él:

«Salvo por el instante cuando tomo aliento, pienso en ti solamente cuando exhalo...»

Ahora, en la distancia de todos esos años, Becky tristemente se preguntaba si ella alguna vez estaría en sus pensamientos. Pero por haber crecido en un hogar apropiado, creyendo y viviendo según los principios cristianos como «honrarás a tu padre y a tu madre», Becky finalmente se vio forzada a aceptar los deseos de su familia para contraer matrimonio con un hombre mayor pero exitoso a quien ella no amaba. Y para que ella no tuviera oportunidad de cambiar de parecer, su familia rápidamente la envió lejos a su casa de verano en el norte para que se casara y estuviera alejada de cualquier tentación de actuar impetuosamente. Su nuevo esposo fue, en un principio, un hombre bueno y amable, pero malas decisiones comerciales comenzaron a cambiarlo. A medida que su fortuna mermaba, también lo hacía su afecto hacia su joven esposa y hacia su hijo recién nacido, James. A medida que los años pasaban, la amabilidad del esposo se transformó en amargura, luego en rabia y finalmente en furia.

«Ven acá, muchacha...», decía él con frecuencia antes de que su mano volará. «Toma tu medicina como deberías. No debería pedírtelo dos veces».

Con frecuencia, Becky tardaba días en recuperarse y en una ocasión tardó más de una semana. Ella no podía entender por qué no había ninguna respuesta a las cartas que enviaba a casa a su familia, y su esposo fingía no saber por qué esto estaría sucediendo. Entonces, una noche, Becky vio todas sus cartas abiertas y leídas en las manos de su esposo. Él no habló y la miraba fijamente con un silencio que la asustó como nunca antes.

«¿Dónde está James?» preguntó él casualmente con crueldad y una mirada desalmada e imperturbable que congeló su corazón y la paralizó donde ella estaba parada.

Cuando se percató de que su rabia estaba comenzando a centrarse en James, Becky tomó a su hijo y huyó en medio de la noche mientras su esposo estaba dormido. Sabiendo que él sería notificado con prontitud por los peones del establo si ella trataba de usar el carruaje o incluso un caballo, Becky decidió caminar las 11 millas hacia el pueblo bajo la lluvia torrencial que había comenzado tarde esa noche. Ella sentía que el peligro la acechaba por todos los costados y que necesitaba actuar si quería salvar sus vidas.

Empapada hasta los huesos por la implacable lluvia a pesar de sus intentos por mantenerse seca, y teniendo que cargar al pequeño Jimmy, Becky tambaleaba a través del estiércol y fango inglés, ensangrentada por sus caídas sobre las duras rocas en su camino. El feroz viento sometía a los árboles en un baile frenético, sus ramas se mecían violentamente como si imploraran a la furiosa tormenta que calmara su ira. La paranoia la obligaba a mirar constantemente sobre su hombro, los rayos esporádicos presentaban criaturas en las sombras que parecían demasiado reales para sus aterrados sentidos.

La Tormenta

Después de varias millas, estaba exhausta y necesitaba descansar, pero el miedo de ser atrapada la hacía seguir con insania. Entonces, en un momento de clara lucidez, el pensamiento de que era posible que ella y Jimmy no pudieran lograrlo se hizo presente y su coraje tambaleó. La furia de la tormenta repetidamente la atacaba, mofándose de su debilidad, gritándole que ella no podía ganar, derrotándola sobre los duros huesos de la tierra.

El peso de sus ropas empapadas por la lluvia hizo que Becky cayera una vez más al suelo. Esta vez yacía inmóvil, postrada por la derrota, jadeando para respirar. Fue vencida, la tormenta la azotaba con mofas y acusaciones. «Quédate en el suelo», escuchó que le decía. «¡No hay nadie que pueda ayudarte!» Becky fue traicionada por su miedo y frente a ella solo veía oscuridad. Pero luego, en la oscuridad, muy en el fondo, ella vio una delgada y diminuta flama de coraje... y la atrapó. En un gesto de rechazo a la autoridad de la tormenta, Becky se enderezó y luego a Jimmy, forzándolos a salir de las garras del lodo abrazador, y avanzó con paso vacilante. El tiempo parecía elusivo y solamente los muchos dolores que sentía Becky la anclaban a la realidad, desfigurando sus rasgos a medida que continuaba resbalando y cayendo.

Entonces, con pasos vacilantes, Becky y Jimmy finalmente entraron al pueblo y se dirigieron hacia la posada donde podrían encontrar información sobre un carruaje. Como no pudo llevar mucho dinero con ella, Becky rápidamente vendió lo que tenía por el precio de un viaje en un carruaje. Después de eso, el dinero se había acabado, y ella y Jimmy se vieron obligados a seguir a pie por los peligrosos caminos, comiendo cualquier cosa que pudieran encontrar para mantenerse vivos. Las sobras de una mesa que estaban destinadas para el perro de alguna familia y que lograba hurtar, con frecuencia eran el plato principal en su menú. Pero a Becky ya no le importaba. Ella estaba agradecida. Estas sobras los mantenían a ella y a Jimmy con vida. Ya habían pasado muchos días en los que no habían comido nada. Semanas después, cuando finalmente llegaron a la casa de su familia buscando ayuda y un refugio, Becky fue recibida con escarnio y desprecio. Considerado como un escándalo en los círculos de la alta sociedad de su familia, ellos violentamente la renegaron y con firmeza cerraron la puerta en su magullado rostro.

Los años pasaron y Jimmy —así era como Becky le llamaba ahora— creció para convertirse en un muchacho. Él era el deleite de su vida, y su rostro sonriente hacía que los largos días de trabajo valieran la pena para garantizar suficientes alimentos para una exigua comida para ellos. No obstante, Becky sabía que el tiempo no estaba de su parte. Sus circunstancias continuaban mermando, y las oportunidades para ganar suficiente dinero para comer con un techo sobre sus cabezas no eran abundantes. El asilo público para desamparados no estaba muy lejos de su futuro y pronto pudiera convertirse en el sitio de trabajo y residencia final de ella y de Jimmy, como lo había sido para muchos cuyas malas fortunas habían hecho que el viaje de sus vidas concluyera en la puerta de esa institución.

Derrotada por una avalancha de ansiedad y de indefensión, Becky rápidamente cubrió sus ojos con su mano tratando desesperadamente de no llorar. Ella temía que su persistente y pequeña tos se convirtiera en algo serio y eventualmente dejara a Jimmy para valerse por sí mismo. Él ya era un poco más pequeño que los otros niños de su edad. Y muy delgado, muy pero muy delgado. Sus posibilidades no serían buenas. Sin embargo, Becky creía en la bondad fundamental de la vida y se negaba a rendirse o a caer en la desesperación, a pesar de que habría sido muy fácil hacerlo. Durante estos años difíciles, ella llegó a estar sumamente familiarizada con la desesperanza, y recientemente, sentía el peso de esta compañía invisible, cada vez con más y más frecuencia de lo que ella misma quería admitir. Pero ella también sabía en su corazón que el *hábito* de la desesperación era lo que finalmente condenaba al alma. Becky descubrió que ella no podía, que ella no caminaría por ese sendero por voluntad propia. Apretaba sus labios con firmeza con una determinación renovada. Su hijo, Jimmy, la necesitaba. Ella no lo abandonaría. Y ella creía que Dios estaba observando. Si esta vida era una prueba, ella trataría de no fallarle, por lo menos en eso.

Becky miró hacia abajo a la patética cantidad de dinero que había ganado hasta ese momento. Incluso el bajo precio de dos peniques por sus pequeñas señales confeccionadas a mano no había tenido muchos sí por respuesta. Sin embargo, ya tenía suficiente para algo de comida para ella y su pequeño niño —para sobrevivir hasta mañana.

«Mañana será un mejor día», susurró para sí misma con palabras de esperanza y apuro para comprar algunos alimentos que llevar a casa —donde el pequeño niño aguardaba.

«¿Un poco de acebo para su Navidad?»

A la mañana siguiente, los Cratchit se levantaron temprano. Hoy sería el entierro de Scrooge y los trajes negros apropiados ya habían sido preparados. Tim se vistió rápidamente en el aire frío de su habitación, su mente sumergida en los pensamientos de los eventos que tendrían lugar muy pronto.

«Tim», lo saludó su padre, cuando Tim entró en la habitación donde este estaba sentado bebiendo una taza de té caliente para combatir el frío que les esperaba afuera, «ven y bebe algo caliente».

Tim obedeció respetuosamente y los dos se sentaron frente al fuego abierto, contemplando las llamas, donde ninguno de los dos pronunció una palabra, cada uno en el mundo de sus propios pensamientos.

«¡Bob, el chofer ya está aquí!», llamó la Sra. Cratchit desde la habitación contigua.

«¡Vamos para allá, cariño!» Cratchit respondió, poniéndose de pie para terminar su taza antes de colocarla en la chimenea. Volteó y miró muy de cerca a su hijo. Recordó cuando Tim había sido tan feliz y entusiasta por el futuro. Pero eso fue ya hace muchos años. Él podía claramente ver que la sombra que había reclamado a su hijo ahora era una parte profunda de él y no lo dejaría escapar. Por supuesto, él y la Sra. Cratchit sabían el porqué. Ahora, con la muerte de su querido y viejo Sr. Scrooge...

«Tim», dijo Cratchit suavemente, para recordarle que ya era la hora.

«Ya los alcanzo, Padre, solo un minuto», respondió Tim melancólicamente y continuó mirando el cálido fuego.

Cratchit abrió la puerta principal para la Sra. Cratchit, sin decir otra palabra, y los dos salieron para esperar por Tim en el carruaje.

En el camino, el cielo estaba gris y nublado a medida que el carruaje avanzada a un paso constante, pero sin prisa. La Sra. Cratchit se había asegurado de que el carruaje alquilado los buscara temprano esa mañana para que así no tuvieran que ir a las carreras al cementerio, y su buena planeación les permitió tener ahora un viaje tranquilo.

A medida que viajaban cruzando el pueblo, la madre y el padre de Tim conversaban tranquilamente en tono respetuoso para pasar el tiempo, pero Tim estaba en silencio, sin pronunciar una sola palabra en todo el viaje. Justo ahora al frente, apareció la negra reja de hierro, y el chófer disminuyó la velocidad y estacionó con los otros carruajes y coches que ya se encontraban allí. Entonces, a medida que entraban a través de la alta puerta de hierro a pie, podían apreciar todas las formas de lápidas, desde los altos monumentos majestuosos de algunos hasta las simples tablas con la inscripción QEPD de muchos otros. Y, a lo largo de ambos lados del camino, corrían grandes árboles de roble, desnudos ahora en el invierno, que extendían sus ramas hacia un cielo taciturno, luciendo como los arcos grandes de una inmensa catedral.

Ahora, a solo una corta distancia desde el camino, un grupo de personas estaban reunidas en silencio cerca de un ataúd, y a medida que los Cratchit se aproximaban su presencia fue reconocida con la inclinación de la cabeza por las damas y con un leve movimiento del sombrero por los caballeros. Tim, su madre y su padre caminaron solemnemente hasta un lugar debajo de un acogedor arce y luego esperaron quietamente a medida que más personas seguían llegando.

Después de que habían llegado todos los que querían venir y decir adiós al viejo Scrooge, las palabras *hombre amable, cariñoso y afectuoso* flotaban en el aire frío de la mañana y navegaban a la deriva a través de la consciencia de Tim, a medida que las memorias de Scrooge venían a su mente una tras otra. ¿Por qué pareciera que Dios siempre nos quita lo mejor de nosotros? Pensó Tim para sí mismo.

Entonces, todo terminó, y la multitud se alejó lentamente, cada uno dando al ataúd una palmada amorosa y respetuosa a medida que pasaban. Finalmente, solamente quedaban los tres Cratchit y la madre y el padre de Tim presentaron su respeto final con una oración silenciosa antes de avanzar hacia donde estaba el chófer esperando con el carruaje. Tim estaba ahora solo con su amigo, y mientras estaba allí parado, notó que muchas personas consideradas habían traído ramas de acebo para el cementerio para Scrooge porque sabían que él amaba mucho la Navidad.

El gran amor que Tim sentía por la Navidad en parte se debía a la celebración sin final durante todo el año de Scrooge del día más maravilloso del año. Pero ahora que el Sr. Scrooge había partido, ¿qué haría él? ¿Y qué tipo de Navidad sería esta?

«No será ningún tipo de Navidad para nada», se respondió a sí mismo con una voz gruesa por la emoción. «¿Cómo puede ser Navidad sin el viejo querido Sr. Scrooge?», y una lágrima cayó sobre la tumba de Scrooge.

El carruaje viajó más rápido en el viaje de regreso, y en un breve momento los Cratchit estaban de regreso en casa para tomar el desayuno, uno en el que Tim escasamente probó sus alimentos.

Después del desayuno, Tim y su padre fueron al trabajo en las viejas oficinas de Scrooge & Marley & Cratchit donde Tim trabajaba ahora como ayudante en el mismo cargo que su padre había tenido por muchos años.

La nieve comenzaba a caer cuando llegaron al lugar donde estaban las oficinas y, una vez adentro, Cratchit rápidamente encendió el fuego en la chimenea para ahuyentar el frío. Habiendo hecho esto, se dispuso a realizar la tarea de prepararse para el día de trabajo. Había libros de contabilidad que actualizar, cartas que escribir y órdenes que completar. Para hacer todo esto, Cratchit se movía a toda velocidad de un lado para el otro, y casi parecía que estaba en todos los lugares al mismo tiempo.

Mientras tanto, Tim se sentó en un taburete alto en su escritorio, y tenía una vela encendida para poder ver el trabajo que tenía entre las manos. Ya que su esquina no tenía una ventana de la cual pudiera aprovecharse, las velas iluminaban su espacio de trabajo en los días oscuros, encapotados, y este ciertamente era un día de dos velas si es que alguna vez hubo uno así.

Los relojes de la ciudad ahora anunciaban las nueve, y Tim miró hacia la puerta exterior casi como si él esperara que Scrooge entrara a través de ella, como lo había hecho cada mañana a esa hora. Los relojes pararon de sonar, y la puerta no se abrió. Además de sus padres, fue el Sr. Scrooge quien había hecho una real diferencia en su vida. Tim recordó el entusiasmo que el Sr. Scrooge traía a cada habitación en la que entraba, su apoyo, e incluso los infinitos pequeños detalles que le había profesado. Muchas veces, Tim descuidadamente había incluso olvidado agradecerle, ahora se daba cuenta de ello. Ahora era muy tarde para todo eso. Siempre muy tarde. Bajó la mirada hacia el trabajo sobre su escritorio, pero sus lágrimas hacían que las figuras nadaran ante él.

El silencio fue interrumpido nuevamente por el sonido de la pequeña campana arriba de la puerta exterior, y un tenue «Buenos días nuevamente, caballeros», que provino respetuosamente de los labios del sobrino de Scrooge, Fred. Él había visto a los Cratchit más temprano esa mañana en el cementerio y junto con su buena esposa había conversado brevemente con ellos sobre el buen hombre que había sido su tío Scrooge y cuánto se le iba a extrañar. Fred ahora asumiría el puesto de su tío quien había trabajado hasta el último día antes de fallecer.

«Ahora, yo quiero que ustedes buenos hombres me enseñen el negocio», ofreció con su usual modestia, «y yo trataré de ser el mejor pupilo que pueda ser».

Durante todo el día, ese primer día sin Scrooge, muchas personas pasaron solo por un momento para decir cuánto sentían la noticia del fallecimiento de Scrooge. Mientras tanto, Tim permanecía concentrado en su trabajo, negándose a aceptar la verdad de que Scrooge realmente se había ido.

A la hora de cerrar, cinco minutos antes, Tim se puso su sombrero y el abrigo y dijo a su padre, «Me gustaría caminar un poco antes de ir a casa, Padre. ¿Estás de acuerdo?».

«Por supuesto, Tim», respondió Cratchit con un tono de simpatía y de entendimiento en su amable rostro. «Entonces te veo en casa».

A medida que Tim abrió la puerta para salir, Fred habló desde la vieja oficina de Scrooge, «¿Vas por algunas compras de Navidad, Tim?»

«No quiero escuchar nada de la Navidad», respondió Tim ásperamente y cerró la puerta con firmeza al salir.

Cratchit rápidamente se dirigió hacia Fred y dijo cuánto sentía que Tim le hubiera hablado de esa manera tan ruda, pero Fred con la misma rapidez dijo que él entendía cuánto extrañaba Tim a su tío y lo importante que había sido la Navidad en sus vidas.

Esa noche en la cena, Tim estaba callado y seguía sumergido en sí mismo y, casi una hora antes de su hora de dormir habitual, pidió ser excusado porque había sido un día demasiado largo. Ya acostado en su cama, Tim pensaba en su querido Sr. Scrooge, y cuánto él había llegado a depender de su amistad. Entonces, como siempre hacían cada noche, sus pensamientos fueron hacia otra persona. La humedad se abría paso por las esquinas de sus ojos. Susurró un nombre y rogó a su corazón que llorara menos.

A esta misma hora, tarde en la noche, al otro lado del pueblo en un vecindario muy pobre, Becky y Jimmy observaban como sus pocas pertenencias eran tiradas cruelmente hacia la nieve desde su humilde alojamiento de una sola habitación. Su huraño casero también observaba, y cuando los dos hombres de mirada dura que había contratado terminaron con rapidez su terrible trato, este cerró la puerta principal de la madre y el niño y apresuradamente colocó el aviso de «Se Alquila».

«Yo te dije cuando los dos se mudaron aquí, que yo quería mi renta a tiempo», el viejo casero refunfuñó cuando giró para marcharse.

«Pero yo pensé... si usted pudiera darnos solo un poco más de tiempo», rogó Becky, extendiendo su pequeña mano hacia él disculpándose. Él casi no la escuchó.

«¡NO! No hay más tiempo», gritó su firme respuesta desde sus enojados labios doblados. «¡Tu renta venció ayer! ¡Yo no quiero escuchar ninguna de tus excusas, no habrá ninguna!»

Pero ella pudo haberle dicho —si él la hubiera escuchado— que ella solamente había hecho dinero suficiente para un poco de comida para que su niño no muriera de hambre y que ella fielmente le pagaría cuando ella hubiera ganado algo más, lo cual ella esperaba que sucediera pronto, probablemente mañana. Ahora, todo lo que ella podía hacer era observarlo desaparecer en la calle en la nieve que soplaba, jalando el cuello de su abrigo hasta su quijada a medida que él pasaba debajo de un poste de luz en la calle, y luego giró para ayudar a su pequeño hijo quien ahora estaba reuniendo rápidamente todas sus posesiones en este mundo en una pila muy pequeña.

«¿Qué vamos a hacer, Madre?», el pánico en la voz de Jimmy era evidente. Él se sentó en la nieve temblando y cruzando sus brazos en un intento de combatir al frío abrumador. El viento ahora hacía remolinos de nieve a su alrededor como si tratara de tomar posesión de él, para aislarlo de cualquiera que tratara de salvarlo de su helada garra. Becky rápidamente arrancó a Jimmy del torbellino que lo había atrapado y luego abrió su abrigo y cubrió al pequeño niño con sus pliegues y retó al poder de la tormenta para que lo reclamara.

«¡Todo va a estar bien, Jimmy!» dijo Becky tratando de sonar positiva y calmada. «Siempre hemos estado bien, ¿o no? ¡Te diré algo! Vamos a ser fuertes juntos y cantemos algo… ¿Qué tal, estrellita dónde estás? ¡Esa es una de tus favoritas! Ahora vamos a recoger nuestras pertenencias y llevémoslas con nosotros, ¿está bien?».

Becky se ocupó ella misma de recoger su única cacerola que tenía un doble propósito, servía para cocinar y para asearse. No tenían que preocuparse por cargar mucha ropa. Ya llevaban puesto todo lo que tenían. Pronto después de eso, llegaron a una entrada abandonada que estaba cerca para cobijarse y esperar que cayera la noche. Tosiendo, la valiente madre acurrucó a su niño y lo sostuvo muy de cerca y en silencio rezó porque un milagro los salvara.

Ocultos a la vista por la tormenta de nieve, los escalofriantes sonidos de voces cantando una vieja rima inglesa para bebés iban y venían entre el aullido del viento.

Rezando Por Un Milagro

CAPÍTULO 3

El Regreso

Los últimos pocos días justo antes de Navidad en Scrooge & Marley & Cratchit fueron días muy ocupados, muy ocupados como para que Cratchit o Fred tuvieran tiempo de notar que Tim estaba más y más triste y retraído con cada día que pasaba. Su aflicción seguía presente y solo hacer lo que era requerido era extenuante. Él realizaba los movimientos de levantarse en la mañana, ir al trabajo, regresar a casa nuevamente, pero mayormente porque no podía pensar en qué otra cosa podía hacer. Su vida se había convertido en un acto irrelevante.

La Navidad estaba ahora en pleno apogeo con la pollería haciendo un gran negocio compitiendo muy de cerca con la tienda de abarrotes, la frutería y la panadería. Pero incluso con todo este júbilo que estaba aconteciendo y con toda la música navideña, todas las felicitaciones por la Navidad y todos los buenos deseos con un «¡Feliz Navidad!» de todos para todos, eso no significaba nada para Tim, nada en lo absoluto.

Finalmente, llegó el día de la víspera de Navidad y Tim se sentó en su esquina tipo prisión iluminada con una sola vela a copiar cartas.

El clima más allá de las ventanas congeladas del frente era penetrantemente frío y miserable, y la neblina era tan densa, que hasta parecía invadir a la oficina. Los caballos que pasaban eran mejor reconocidos por su sonido que por su silueta. Pero ahora, el espeluznante ruido de sus cascos pasaba por el estrecho lugar del frente como fantasmas que flotaban en algún tipo de fantasía de la mente.

Los relojes de la ciudad ahora dieron las cuatro justo cuando Fred entró saltando a la oficina con un alegre «¡Feliz Navidad para todos, caballeros, y quiero decir para todos!».

«¡Feliz Navidad para ti también, Fred!», dijo Cratchit a cambio, compartiendo el mismo espíritu elevado y los buenos sentimientos de la temporada que Fred había demostrado. Luego, hubo un silencio sin ninguna respuesta de Tim quien continuó trabajando.

Las oficinas de Scrooge & Marley & Cratchit —Fred solicitó que el nombre no fuera cambiado para incluir el suyo— cerraban a las cuatro y treinta en la víspera de Navidad, pero como solo habían pasado diez minutos, Fred aplaudió y propuso, «¿Por qué no damos por terminado el día, caballeros? Los invito a tomar una taza de humeante ponche navideño en la Taberna de Londres para honrar a la estación. ¡Me harían un gran honor!».

«Me temo que tengo un poco más de trabajo que hacer», respondió Tim educadamente, rechazando la oferta. «Pero en todo caso, muchas gracias por ser tan amable».

Cratchit miró a Fred con una expresión de resignación mientras Tim regresaba a su trabajo y encogiendo sus hombros se puso el abrigo y el sombrero para salir. Ambos sabían que era una pérdida de tiempo tratar de contagiarlo con el buen humor que ellos tenían, y los dos se marcharon tan elegantemente como pudieron.

«Entonces te veo más tarde, Tim», dijo Cratchit a medida que abría la puerta para Fred. Tim afirmó con su cabeza para su padre, y los dos hombres se marcharon, y la pequeña campana afuera y arriba de la puerta parecía tintinar por más tiempo de lo usual.

A medida que Tim trabajaba para terminar la última de las cartas que debía copiar, la música navideña de los villancicos afuera en la calle inundó la oficina con un sonido espectral, como algo fuera de este mundo: «♪*Todo lo que veo, me está diciendo, que la Navidad se aproxima...* ♪»...

¡BONG! Sonó el primer repique solemne de la campana en la vieja torre de la iglesia, luego se arrastró despacio hasta dar las cinco campanadas como si todo el mundo estuviera esperando el permiso del reloj para continuar, pero solamente después de haber dado el último golpe.

Ahora era alrededor de ese momento del día cuando Scrooge siempre había llamado a Tim desde la puerta de su oficina. «Tim, ya casi es hora». Es decir, la hora de cerrar, el momento para guardar los libros.

Repentinamente, a través de la música distorsionada que se filtraba a través de cada grieta, fisura y apertura de llave, se escuchó una voz como un eco que provenía del fondo del largo y vacío pasillo: «*Tiiiiiiiiiimm...*»

Tim levantó la mirada de su trabajo muy sorprendido y, a pesar de que sabía que no había una sola alma en el lugar salvo por él, respondió, «¿Sí?» Rápidamente dio una mirada recelosa hacia la entrada de la puerta donde Scrooge siempre estaba a la hora del cierre y luego alrededor de la habitación casi esperando ver a alguien allí. No, no había nadie, pero el lugar lucía algo diferente, *más brillante*. Sacudió su cabeza en negación y lo desestimó como si solo se tratara de su imaginación, el lugar se oscureció y regresó a la oscuridad de antes.

Finalmente, terminó la última carta, bajó de su alto taburete y comenzó a soplar la vela. Pero antes de que pudiera hacerlo, la voz nuevamente se filtró a través de la deformada música justo más allá de las ventanas delanteras congeladas: «*Tiiiiiiiiiimm...*»

Tim se DETUVO y escuchó con detenimiento a medida que extendía la vela lo más lejos que podía alcanzar con su brazo y examinó la habitación cuidadosamente. Una vez más, no había nada allí.

«Tiiiiiiiiiimm...»

Llevando ahora la flama con él, cruzó las oficinas hacia los percheros para los abrigos en la puerta principal y colocó la vela de su escritorio con la vela que ya estaba encendida en ese lugar. Entonces, después de ponerse el abrigo y la bufanda y de dar una última mirada inquisidora alrededor, apagó ambas velas con un solo soplido y rápidamente salió del recinto.

Afuera, el patio estaba iluminado con velas festivas que iluminaban todas las ventanas de las tiendas, y por todas partes estaban presentes verdes ramitos de acebo navideño y rojas cerezas, adornados de manera delicada con lazos rojos añadidos con buen gusto. Y el bodeguero y el pollero y el panadero y el hacedor de caramelos, todos y cada uno estaban haciendo negocios como nunca antes.

Con toda esta actividad en movimiento, con todos los villanciqueros cantando las canciones de la temporada y con todas las pequeñas bandas tocando y los vendedores vendiendo y los compradores comprando, se veía y sonaba como una bella escena de una de las grandes operas.

A medida que Tim avanzaba con melancolía a través de las calles atestadas por fiesteros y por los compradores de último minuto, sus pensamientos viajaron hacia otras vísperas de Navidad y lo maravillosas que habían sido cuando el Sr. Scrooge estaba allí y estaban juntos.

«¡Feliz Navidad, Tim!» provino de un cálido saludo que le gritaron desde la pollería cuando pasó por su frente. Tim se avergonzó con las palabras y repentinamente sintió indignación por su significado, y las emociones en conflicto oscurecieron sus facciones. Respondió al saludo con su mano y siguió, sin hablar. Más adelante, una niña pequeña estaba corriendo para alejarse de un niño pequeño y ambos estaban riendo con todas sus ganas después de que la niña le arrebató el sombrero al niño de su cabeza y prometió que nunca se lo devolvería.

Con tristeza, Tim pensó en lo mucho que ella le recordaba a Becky. Con amargura renovada, los pensamientos de Tim una vez más se dirigieron hacia su amor perdido. Después de que le arrebataron a Becky, Tim la había buscado y buscado por años sin éxito. Eventualmente, él tendría que aceptar que ella se había marchado para siempre. Todo lo que él sabía era que él no había estado allí cuando ella más lo necesitó. Ella era su alma gemela. Y él le había fallado. Le había fallado a ella. Él había crecido para odiar la decepción en que se había convertido a sus propios ojos. Para Tim, no había otra manera de verlo. ¿Y cómo vive uno con algo como eso? «No se vive», respondió Tim en voz alta.

En los años siguientes, Tim había tratado desesperadamente de olvidar el dolor causado por su fracaso, de olvidarla a ella, de seguir con su vida. Pero descubrió que no podía. Él la había amado mucho, profundamente, la seguía amando y sabía que él nunca se liberaría de eso.

Salvo por el instante cuando tomo aliento, pienso en ti solamente cuando exhalo...

Tim había hecho grandes esfuerzos con el transcurso de los años para lucir y sonar normal para su familia y amigos, para sonreír y reír en el momento justo cuando la ocasión correcta lo exigía. Pero, por dentro, él estaba destruido. Y ahora, recientemente, había comenzado a notar algunas miradas perplejas en los rostros de las personas, miradas sospechosas de que sus respuestas estaban un poco fuera de lugar, que algo no estaba del todo bien con él. Pero nada de esto parecía preocuparle a Tim. Nada importaba, realmente. Él estaba cansado. Muy cansado. Preocuparse ahora era un lujo que lo sobrepasaba. Cada día veía menos de sí mismo de dónde sostenerse, como si se estuviera desvaneciendo. Si él hubiese podido detener su propio corazón, lo hubiera hecho con gusto.

Los ojos desenfocados de Tim ahora contemplaban el suelo. Él nunca entendió las razones del *porqué* su matrimonio había sido impedido o por qué ella creyó que había una razón y que tenía que aceptar la voluntad de Dios. *La voluntad de Dios.* Su rabia hacia Dios había comenzado solamente como una pequeña ascua, pero continuó creciendo con el transcurso de los años. Ahora, sus dudas sobre la buena voluntad de Dios se habían transformado en una certeza. No solo en su propia vida, sino también en la vida de todos los demás. Tim veía vidas rotas y pobreza y miseria en todas partes. ¿Dónde estaba Dios en las vidas de esas personas? Por lo menos, el Sr. Scrooge había sido una luz en un mundo tan sombrío.

Tim se detuvo en Cornhill en su camino a casa para mirar a los niños patinar, y recordó lo orgulloso que se sentía cuando él era un pequeño y el Sr. Scrooge lo veía patinar. Un mendigo se acercó hacia él y le extendió su gorro para recibir cualquier cosa que Tim le quisiera dar en esta hora de necesidad. Tim automáticamente buscó en su bolsillo algunas monedas como siempre había hecho por lo que Scrooge con frecuencia le había enseñado: «comparte lo que tienes, y compartirás lo que eres». Comenzó a sacar las monedas de su bolsillo, pero luego se detuvo, sujetó el dinero con firmeza, y evadiendo los ojos del hombre, se alejó rígidamente.

Incluso la música de Navidad que él tanto amaba no podía llegar a su corazón que con cada latido era más duro y frío. Sin emoción, Tim siguió caminando, sus ojos llenos de angustia. Repentinamente, notó la presencia de una niña pequeña parada frente a él, que bloqueaba su paso y le decía algo, y le ofrecía un objeto pequeño y brillante. Ahora, escuchaba las palabras a medida que ella ponía la pequeña pieza de metal en sus manos.

«La encontré», dijo ella. «Y tú puedes quedártela». Ella se fue corriendo antes de que Tim pudiera rechazarla, y él ahora estaba de pie contemplando la pequeña cruz que ella había colocado en su mano.

Con ese solo pequeño acto, quedó destrozado, y el peso de sus penas lo aplastaron. Apretó la cruz en su puño con tanta fuerza que comenzó a sangrar, Tim agitó su puño desafiante y gritó con furia al paraíso silente. «¡¿Por qué!? ¡¿Por qué!? ¡¿Por qué!?» El alma lastimada de Tim gritaba una y otra vez ante un cielo indiferente. Entonces, sin nada más que decir, Tim cayó con fuerza sobre sus rodillas con el rostro desfigurado por la angustia. «Oh, Becky, mi amor... querido viejo Sr. Scrooge, mi buen amigo...» Sus pérdidas se sentían tan conmovedoras como un veredicto y su alma desolada quería llorar.

Y luego, estaba llorando. Encorvado como si estuviera tratando de limitar la exposición de sus fracasos, Tim siguió de rodillas sobre la nieve durante un largo tiempo, sus pensamientos dirigidos a su interior a medida que acunaba sus heridas. Entonces, con una determinación que solamente viene con la pérdida, Tim aplastó la cruz en su apretado puño y fríamente le susurró, «Yo no necesito a nadie nunca más». Débil por su esfuerzo, Tim lentamente luchó por ponerse de pie y enderezarse. Se sentía extrañamente distante, como si sus preocupaciones hubieran sido vertidas sobre el suelo como una jarra de agua. Vaciándose. Vacío. Ausente. Para cualquier cosa o para cualquiera. Después de unos pocos minutos más de pensamientos, elevó sus ojos hinchados para mirar una escena de Navidad y su mano cayó a su costado, y luego, después de considerarlo todo, liberó el regalo para que cayera en la nieve.

Eran las nueve y cuarto cuando Tim finalmente llegó a casa, y cuando él abrió la puerta, su madre dejó de ayudar a su padre a decorar el árbol de Navidad para apresurarse a poner un puesto para él en la mesa. Ella había conservado su cena caliente para que pudiera estar tan deliciosa como habría estado si él hubiera llegado a su hora usual de las cinco y media.

Cuando él terminó de comer, Tim se sentó en una cómoda silla junto al fuego y escuchó a su padre contar historias de las Navidades que él había vivido como un muchacho. A medida que Cratchit hilaba sus viejas historias, el buen ánimo de la Navidad atrapó a la casa con su encanto, ayudado por las luces de las velas en cada rama del árbol de Navidad. Para añadir más calidez a la escena familiar de los Cratchit, se sentía el olor del árbol de Navidad mezclado con el olor de los pasteles de carne picada en el horno, las castañas asadas y el pudín de ciruela aguardando su turno.

¡Ding! sonó el reloj sobre la chimenea

«Ya pasó un cuarto, cariño», informó Cratchit y se levantó de su silla cerca del fuego y se estiró para dar a entender su intención. La Sra. Cratchit inmediatamente comenzó a soplar las velas del árbol preparándose para ir a la cama, pero Tim continuaba sentado, contemplando el fuego. Después de que la casa ya estaba acogedora para la noche y todo había sido recogido, Cratchit se dirigió hacia Tim y con una voz consoladora dijo, «buenas noches, Tim, te veo en la mañana, hijo», a medida que él y la Sra. Cratchit subían las escaleras para ir a dormir.

«Buenas noches, Padre. Buenas noches, Madre. Que duerman bien», respondió Tim sin voltear en su dirección, todavía contemplando el fuego.

La casa quedó en silencio, ahora. Solamente el crujido ocasional de los maderos que ardían rompía el silencio. Entonces *¡Ding! ¡Ding! ¡Ding!* A un cuarto para la hora, el reloj sobre la chimenea emitió su advertencia final antes de la medianoche, y Tim tomó la vela y subió las escaleras hacia su cama.

Rápidamente se puso su camisón y gorro para dormir porque a pesar de que su habitación estaba justo arriba del cuarto con la chimenea, seguía estando fría. Durante la noche, cuando el fuego en el piso de abajo quedaba reducido solamente a un recuerdo, el cobertor en su ropa de cama y por debajo su colchón relleno con plumas de ganso y la almohada eran compañeros bien recibidos. Jalando el cobertor ahora con intención, Tim no perdió tiempo en entrar a la cama ya que esta noche él estaba especialmente cansado, deseoso de abandonarse al abismo de sus sueños. En breve, estaba dormido y la noche comenzó a transcurrir.

CAPÍTULO 4

El Fantasma

A hora, la campana de la iglesia tocó su metódica información: nueve, diez, once, doce —¡Medianoche! Incluso antes de que la última campanada se apagara a lo lejos, la voz ominosa que Tim había escuchado en las oficinas la tarde anterior en su escritorio una vez más lo estaba llamando por su nombre: *«Tiiiiiiiiiimm...»*

Sorprendido al despertar, Tim se levantó solo hasta la mitad sobre un codo y contempló la entrada de la puerta hacia el pasillo desde dónde parecía provenir la voz.

«¿Quién es? ¿Quién es?» Tim pronunció en una rápida sucesión, tratando de traspasar las imágenes borrosas de sus ojos adormecidos y la escaza luz en la habitación. Entonces, muy despacio, una figura apareció de pie en la entrada de la puerta de su habitación.

«¿QUIÉN es?» Tim preguntó una vez más, ahora con un tono de voz un poco incrédulo.

«Soy yo, Tim... Ebenezer».

La boca de Tim se abrió de sopetón literalmente mientras retrocedía impresionado y en pánico contra la cabecera de su cama.

Después de un momento, pudo recuperarse lo suficiente para exclamar, «¡Sr. Scrooge!»

«Sí, Tim, soy yo».

«Pero ¿cómo puede ser esto posible?» Dudaba Tim, ahora con total recelo y todavía aplastado contra la cabecera de su cama. El fantasma se iluminó ahora como una lámpara de aceite que se enciende despacio por una mano que no se veía, y Tim pudo ver plenamente que sí se veía como el Sr. Scrooge. No obstante, seguía firmemente sujetado a los postes de su cama a medida que veía cómo el fantasma se acercaba más y más, justo hasta el pie de su cama —¡de hecho, muy cerca! Su primer pensamiento fue alejar sus pies del final de la cama donde el fantasma estaba parado mirando hacia abajo, mirándolo a él a través de ojos vacíos, pero su cuerpo estaba tan rígido por el miedo, que no quiso cooperar.

El Fantasma de Scrooge

Pero era Scrooge, bien, no había duda de ello. Ninguna duda. El mismo cabello largo y blanco, las mismas patillas de chuleta de cordero sobre su rostro, la misma nariz perfilada. Sin lugar a duda... como dije antes, *era* Scrooge. Era casi transparente y seguía vistiendo el mismo gorro y el mismo camisón que tenía puestos cuando falleció durante el sueño y Tim podía ver con facilidad la vela detrás de él que se mantenía encendida en la noche en el pasillo justo a través de su cuerpo. Para añadir mucho más a la escena espeluznante de un mal presentimiento, estaba el brillo sobrenatural que emanaba del fantasma y que no solamente iluminaba al fantasma, sino también a él mismo, a su cama, y en alguna medida también a la habitación.

Si bien la aparición estaba lo suficientemente cerca como para tocarla —si él hubiera querido, lo que no quiso hacer de momento— Tim comenzó a sentir menos miedo ahora en este encuentro fantasmal porque él había amado mucho a Scrooge.

«Debes estar preguntándote por qué estoy aquí», dijo el fantasma de Scrooge con un tono de preocupación con el ceño fruncido en su ceniciento rostro.

«Tuve ese pensamiento, Señor», respondió Tim perplejo y se sentó un poco más en la cama.

«Algunas veces, Tim, en ocasiones muy especiales, tenemos permitido regresar a la tierra si nuestra presencia aquí es necesaria. Tenemos permitido regresar para ayudar a quienes tienen un problema y necesitan de nuestra ayuda».

«¿Entonces están aquí quienes tienen un problema y necesitan su ayuda, Sr. Scrooge?».

«Sí, Tim, yo pienso que están», respondió el fantasma decididamente.

«¿Pero por qué viene usted a verme?» Tim preguntó enfáticamente.

«Yo necesito que tú me ayudes, Tim, a ayudar a tres personas», explicó el fantasma. «Me gustaría que me acompañaras ahora para que me ayudes con este problema».

«¿Ahora? ¡Pero, Sr. Scrooge! ¡Es de noche y hace frío allá afuera! ¿No podemos esperar hasta mañana?»

«Estas personas necesitan nuestra ayuda ahora, Tim. Mañana es un lugar donde muchas cosas nunca se hacen».

«Bien, entonces sí, por supuesto, Sr. Scrooge, si usted piensa que es tan importante». Respondió Tim. «Solo espere que me vista y me ponga mi abrigo».

«No es necesario que lo hagas, Tim», el fantasma le dijo gentilmente. «Solo toca mi manga y no sentirás frío en la noche de invierno y no serás visto por nadie más, solo por mí».

Tim hizo lo que el fantasma de Scrooge le indicó, y los dos pasaron justo a través de la pared exterior de su habitación en la planta superior y reaparecieron en una calle nevada del Pueblo Camden, una parte de la ciudad para aquellos con recursos modestos.

El lugar le era familiar a Tim, y él no podía parar de decirle al fantasma, «Sr. Scrooge, me parece haber estado aquí antes, hace mucho tiempo», y cuando dijo esto, un niño pequeño salió de una puerta cercana. Parecía ser pobre y era pequeño, delgado y frágil, y caminaba con una pequeña muleta para ayudarse debido a sus debilitadas piernas.

Tim miró de cerca a medida que el pequeño niño pasaba cerca de ellos, y luego con emoción y sorpresa exclamó «¡ese soy yo, Sr. Scrooge, soy yo, cuando era un niño pequeño!»

«¡Sí, Tim!», dijo el fantasma a sabiendas. «Tú como eras hace catorce Navidades».

A medida que Tim y el fantasma miraban, el pequeño niño estaba de pie y esperaba que su padre saliera de la casa, mientras muy cerca, algunos muchachos se lanzaban bolas de nieve entre ellos y reían y gritaban burlas bien intencionadas en el juego. El pequeño niño en muletas solamente podía observar el juego travieso y divertido en la nieve con un interés inquebrantable y la mirada triste del anhelo.

«¿Recuerdas esto, Tim?» le preguntó el fantasma gentilmente.

Sin quitar sus ojos del niño pequeño y débil, Tim respondió, «lo recuerdo», y en ese breve instante se dio cuenta de lo mucho que había olvidado ser agradecido.

«Toca mi manga una vez más, Tim», pidió el fantasma de Scrooge, y una vez más Tim obedeció. Reaparecieron en un lugar en medio de la ciudad, la niebla dificultaba su visión, pero cuando cruzaron el patio pudieron leer un letrero: Scrooge & Marley.

«¡Yo sé dónde estamos ahora!» Tim dijo con certeza. «Esta es su oficina antes de que mi Padre se convirtiera en su socio hace muchos años».

«Sí, Tim. Vamos a entrar para ver cómo era entonces antes de la promoción de tu padre».

Pasaron a través de las paredes exteriores de las oficinas, ahora estaban de pie en la oficina mal iluminada de Ebenezer Scrooge… y él estaba en su escritorio. La puerta de la oficina de Scrooge estaba abierta con una vista completa de la oficina afuera mucho más fría, donde su devoto ayudante, Bob Cratchit, estaba trabajando en un diminuto espacio en su escritorio como en una celda. Scrooge dejaba la puerta abierta a propósito para poder espiar cada movimiento de Cratchit, y Cratchit podía sentir el calor de su constante observación. Era prácticamente el único calor que alguna vez recibió en ese frío lugar... pobre hombre.

Scrooge mantenía la caja de carbón para ambos fuegos justo adentro de la puerta de su habitación y la guardaba como una caja de dinero llena de oro, que no debía gastarse. Pero ahora, en este momento definido por la miseria, Cratchit había sufrido el frío por más tiempo del que pensó que podía soportar; el calor proveniente del pequeño fuego que había residido en su chimenea había escapado del recinto hace mucho tiempo. Envalentonado para actuar y con determinación, se movió furtivamente —en cuatro patas, con la pala en la mano— hacia el premio acaparado solo a pulgadas de distancia. Scrooge pretendió no haber notado a Cratchit gateando, esperando hasta que su tembloroso ayudante hubiera alcanzado el montón del oro negro, y entonces con una precisión practicada, gritó, «¡Cratchit! ¡Señor Cratchit!»

«¿Señor?» balbuceó el ayudante como un perro lastimero, «mi fuego se ha enfriado por completo, ya no hay ni un poquito de calor en él».

No pudo avanzar más con su triste historia porque Scrooge en tono condescendiente dijo, «Sr. Cratchit, sus tareas aquí no incluyen gastar nuestro carbón. Por favor, sea lo suficientemente bueno para regresar a su trabajo o tendré que deducir su falta de producción que estamos destinados a repartir».

El Viejo Scrooge

«Sí, Sr. Scrooge», Cratchit respondió con obediencia y rápidamente tomó su bufanda blanca para ponérsela alrededor de su cuello para combatir el frío, dejando sus otras partes importantes por encima y por debajo de su cuello para que se defendieran por sí solas.

Un «¡Feliz Navidad, tío, que Dios lo guarde!» provino de las alegres exclamaciones del sobrino de Scrooge, Fred, a medida que entraba en el establecimiento ahora.

«¡Bah!», dijo el viejo Scrooge, «¡Tonterías!»

«¿Es la Navidad una tontería, tío?», preguntó el sobrino. «Seguro que no lo dices en serio».

«Sí que lo digo», dijo Scrooge. «¡Feliz Navidad!», dijo imitándolo. «¿Qué derecho tienes a ser feliz? ¿Qué motivos tienes para estar feliz? Eres pobre de sobra».

«Vamos, vamos, ¿Qué derecho tienes a estar triste? ¿Qué motivos tienes para sentirte desgraciado?» respondió el sobrino en su bien intencionada y usual manera, «eres rico de sobra».

Tim ahora miró al fantasma de Scrooge asombrado. «¿Usted decía esas cosas, Sr. Scrooge?»

«Sí, Tim», respondió el fantasma con tristeza. «Lamento decir que sí lo hacía».

Tim y el fantasma de Scrooge ahora miraron hacia donde estaba Scrooge justo cuando dos caballeros corpulentos se acercaban a él jovialmente.

«¿Scrooge & Marley, creo?», dijo el más corpulento de los dos comprobando su lista. «¿Tengo el placer de dirigirme al Sr. Scrooge o al Sr. Marley?», preguntó señalando graciosamente su cálida entrega con una pequeña proyección de su prodigiosa panza.

Scrooge les informó que su socio había fallecido hace siete años esa misma noche y que esperaba con impaciencia el motivo para que estuvieran allí.

«En estas festividades, Sr. Scrooge», dijo el caballero con el lapicero en la mano, «es más deseable que nunca que hagamos alguna ligera provisión para los pobres y menesterosos, que sufren muchísimo en estos momentos. Muchos miles carecen de lo más indispensable y cientos de miles necesitan una ayuda, señor».

«¿Ya no hay cárceles?» preguntó Scrooge rápidamente. «¿Y los asilos de la unión? ¿Siguen operando?», continuó preguntando emocionado, sonando alarmado y temeroso de su cierre desafortunado.

«Sí, todavía siguen», afirmó el caballero con arrepentimiento, «y desearía poder decir que no». Nuevamente, Tim miró al fantasma de Scrooge de manera inquisitiva.

«Sí, Tim, todo eso es cierto», el fantasma reconoció con tristeza antes de que Tim pudiera hacer una pregunta hiriente. «Así era como era en ese entonces», añadió con su cabeza gacha. Su rostro tenía la apariencia de muchos recuerdos.

Regresando ahora a Scrooge y los graciosos solicitantes todavía llenos de cordialidad a pesar de la actitud antipática de Scrooge, Tim y el fantasma de Scrooge escucharon como el hombre con el lapicero y la libreta preguntaba con esperanzas.

«¿Con cuánto le apunto?»

«¡Con nada!», replicó Scrooge.

«¿Desea usted mantener el anonimato?», el rostro del hombre se iluminó.

«Deseo que me dejen en paz», Scrooge rompió sus esperanzas. «Ya que me preguntaron lo que deseo, caballeros, esa es mi respuesta. Yo no celebro la Navidad, y no puedo permitirme el lujo de que gente ociosa la celebre a mi costa. Colaboro en el sostenimiento de los establecimientos que he mencionado; ya me cuestan bastante, y quienes están en mala situación deben ir a ellos».

«Muchos no pueden ir», respondió el solicitante y luego con tristeza añadió, «¡y muchos preferirían la muerte antes de ir!»

«Bien, si preferirían morirse», respondió Scrooge con arrogante indiferencia, «es mejor que lo hagan, así descendería el exceso de población».

«¡Oh, por favor, paremos aquí, por favor!» Tim insistentemente rogó al fantasma de Scrooge, obviamente perturbado y triste por lo duro y despiadado que Scrooge había sido con estos hombres, y en la Navidad de todos los tiempos. Tim estaba realmente impactado por ver este terrible lado del hombre que él pensó conocer.

«Toca mi manga, Tim», ordenó ahora el fantasma de Scrooge, como un director que está por enseñar una lección importante, y Tim obedeció, e instantáneamente estaban en una recámara. En la cama, Tim pudo ver a Scrooge sujetándose de los postes de su cama y escucharlo murmurar, «haré honor a la Navidad en mi corazón y procuraré mantener su espíritu a lo largo de todo el año. Viviré en el pasado, el presente y el futuro. Los espíritus de los tres me darán fuerza interior».

Instantáneamente, después de la promesa de reformación de Scrooge, ¡las campanas de la iglesia comenzaron a tocar aquí, allá, en todas partes, interrumpiendo a Scrooge para que no siguiera hablando! Y como un niño pequeño, corrió hacia la ventana, la abrió de par en par, y asomó su cabeza.

Mientras Tim y el fantasma de Scrooge observaban y escuchaban, Scrooge llamó a un muchacho vestido con su ropa de domingo en la calle abajo.

«¿Qué día es hoy?»

«¿Qué?» respondió el chico, obviamente rápido y en su mejor momento.

«¿Qué día es hoy, amiguito?» Scrooge preguntó de nuevo.

«¿Hoy?» respondió el muchacho, «Es día de Navidad, por supuesto».

«¡Es día de Navidad!» Scrooge repitió para sí mismo con deleite mientras sus pies hicieron un pequeño baile. «No me la he perdido», dijo con entusiasmo. «¡Saludos, amigo mío!» gritó hacia el muchacho.

«¡Saludos!» respondió el muchacho.

«¿Conoces la pollería en la próxima calle, pero la que está en la esquina?» gritó Scrooge.

«Desearía haberla conocido», respondió el jovencito.

«Un muchacho inteligente», dijo Scrooge para sí mismo, «un muchacho notable», siguió diciendo resplandeciente.

«¿Sabes si han vendido el pavo caro que tenían allí colgado? No digo el pavo barato, sino el pavo grande.» (Él estaba gritando ahora y levantaba su mano recta horizontalmente justo debajo de su quijada para demostrar las enormes proporciones del ave).

«¿Cuál, uno que es tan grande como yo?» dijo el muchacho. «Allí está colgado ahora».

«¿De veras? ¡Vete a comprarlo, ahora!» Gritó Scrooge moviendo su dedo hacia la dirección de la pollería.

«¡Ajá!» exclamó el muchacho (queriendo decir: seguro, jefe, tomaré el próximo carruaje).

«No, no» dijo Scrooge, «hablo en serio. Vete y cómpralo y diles que lo traigan aquí, que yo les daré la dirección a la que deben llevarlo. Vuelve con el mozo y te daré un chelín. ¡Si vuelves con él en menos de cinco minutos te daré media corona!» El muchacho salió disparado, y Scrooge bailó nuevamente anticipando el regreso del muchacho con el pavo.

«¡Se lo enviaré a Bob Cratchit!» musitó Scrooge para sí mismo con mucho regocijo. «No sabrá quién se lo manda».

Tim ahora miraba al fantasma de Scrooge con el ceño fruncido por el desconcierto y tartamudeó, «Pe-pero yo pensaba... que en ese entonces usted era...»

«¿Tacaño? ¿Egoísta? ¿Avaro?», el fantasma terminó la pregunta de Tim.

«Pues, sí», respondió Tim con vacilación, «todas esas cosas, me atrevo a decir. No entiendo muy bien, Sr. Scrooge».

«Ese era mi ser anterior, Tim, como yo era antes. Luego cambié justo como todos podemos cambiar y ser mejores personas. Aprendí que el dinero no era mi negocio principal en esta vida, que el dinero no tiene valor por sí solo. Es bueno si deriva en lo que puede hacer para ayudar a otras personas, Tim. ¡Las personas lo *son todo!* Recuerda eso, Tim, recuerda eso siempre».

Y habiendo dicho eso, el fantasma de Ebenezer Scrooge se desvaneció muy despacio, y Tim estaba de regreso en su propia habitación, nuevamente en su propia cama y se durmió con rapidez.

CAPÍTULO 5

La Última Aparición

Ahora, después de lo que pareció solamente un breve momento, la campana de la iglesia estaba tocando nuevamente sus números: nueve, diez, once —¡Medianoche! Entonces, una vez más, se escuchó la tenebrosa voz del alma del fantasma de Ebenezer Scrooge: *«Tiiiiiiiiiimm...»*

«¿Sí?», respondió Tim somnoliento, luchando por abrir sus ojos y tratando de levantar sus cejas. Al tener éxito, pudo ver al fantasma de Scrooge como había estado antes, parado al pie de su cama.

«Todavía te necesito, Tim», dijo quedamente, «para que me ayudes a ayudar a esas tres personas».

Tim salió de la cama sin pronunciar una palabra, y cuando el fantasma ofreció su manga, Tim la tocó y partieron de nuevo. En esta oportunidad, volaron sobre la ciudad con los techos blancos cubiertos de nieve debajo de ellos. Entonces, una vez más, estaban parados en una calle fría de Londres, mirando a través de una vieja reja de hierro hacia un patio tan oscuro por la niebla y la oscuridad, que ocultaba completamente el deprimente pilar de un edificio que yacía justo en frente.

A medida que Tim trataba de ver a través de la implacable niebla y el hielo que colgaba como un velo helado sobre la vieja entrada, todo se transformó en luz como si el amanecer hubiera salido en solo un momento.

Antes de que Tim pudiera decir una palabra, con certeza, él sabía dónde estaban ahora, la puerta principal del viejo edificio se abrió, y Scrooge salió con frenesí. Rápidamente, cerró la puerta a sus espaldas y avanzaba ágilmente hacia la reja en la calle hacia donde miraban sus rostros. Entonces, se detuvo por solo un momento para mirar a su alrededor y apreciar el nuevo día con evidente placer, observaba con aprecio —como si lo estuviera mirando por primera vez— «¡Qué mañana tan maravillosa!».

El amor por la humanidad y el placer de vivir irradiaban desde la sonrisa en su rostro mientras caminaba por la calle saludando a todos con un «¡Feliz Navidad!», y saludando con su sombrero a todas las personas que encontraba en su camino. Y cuando se encontró con los graciosos solicitantes del día anterior, a quienes había rechazado y no les había dado la donación para los necesitados, él hizo una enmienda generosa entregándoles una gran suma para los desamparados y no les permitió aceptar un cuarto de penique menos confesando, «muchos pagos retrasados están incluidos aquí, les aseguro».

Tim no había quitado su mano de la manga del fantasma, y ahora fueron transportados instantáneamente a otro lugar donde Scrooge estaba justo entrando en una gran casa. Sobre la puerta un letrero decía Orfanato, y cuando Tim y el fantasma de Scrooge se acercaron, pudieron ver a una cuidadora afuera en el patio golpeando las alfombras con su escoba como si ese hubiera sido su castigo por estar sucias.

«¡Feliz Navidad, cariño!» Scrooge dijo a la mujer con una sonrisa tan amplia que esta realmente parecía comenzar desde las patillas de chuleta de cordero junto a sus orejas.

«¡Oh, Sr. Scrooge! ¡Feliz Navidad para usted y para los suyos también, de seguro!», declaró la cuidadora con placer de verlo. «¡Entre, por favor! La puerta está abierta para usted».

Scrooge se quitó el sombrero y sacudió sus pies en el porche para remover la nieve con tanto ritmo que parecía que estaba bailando, y si uno le hubiera puesto una melodía, habría sido una viva canción de alegría, podemos estar seguros.

Adentro, Tim y el fantasma de Scrooge miraban como se regaba la palabra de que «¡El Sr. Scrooge está aquí!»

Por esta noticia, el alboroto reinaba en el largo pasillo del frente a medida que cascadas de niños y niñas corrían por las sinuosas escaleras como una cascada de pequeños rostros parloteando. Tales «ohh» y «ahh» por las maravillas de sus expectativas nunca se habían escuchado en ese pasillo antes mientras Scrooge estaba parado con sus brazos abiertos para recibirlos. En momentos, él estaba completamente rodeado de pequeñas personas que lo abrazaban y lo bañaban con su amor y adulación.

Scrooge hizo su mejor esfuerzo para saludar a cada mano extendida en su dirección con un «¡Feliz Navidad!», y cuando la pequeña mano estaba acompañada de una voz suplicante que decía «Sr. S-c-r-o-o-g-e», él rápidamente recompensaba la llamada con un regalo de una gran bolsa roja que él había pedido a la juguetería que entregaran temprano esa mañana.

Tim ahora miraba al fantasma de Scrooge con gran admiración por la visión tan cálida e inspiradora de la que estaba siendo testigo y dijo, «todos ellos lo quieren tanto —quiero decir— a él lo quieren tanto», se corrigió a sí mismo.

«Sí, Tim, yo pienso que sí», el fantasma respondió alegremente.

«Y él quería a cada uno de ellos por igual o quizás mucho más».

«Oh querido, Sr. Scrooge», comenzó a decir Tim humildemente como si una gran revelación hubiera ocurrido, «solamente hasta ahora me estoy dando cuenta, en este preciso momento, de que yo me perdí de algo terriblemente importante sobre usted cuando usted estaba aquí, algo que yo pude haber aprendido de usted si me hubiera preocupado por ver más allá de mí mismo. Ahora puedo ver que incluso con todo el tiempo que usted encontró para mí, para ayudarme en mi vida, usted estaba haciendo más, infinitamente más que solo ayudarme a mí. Ahora me pregunto cómo hizo para siempre encontrar tiempo para hacer las cosas buenas que hizo, como cuidar de estos pequeños pobres niños huérfanos. Pero pienso que sí lo hizo, porque tuvo que haber visto a estos pequeños con frecuencia... ellos lo conocen tan bien».

«Cuando algo es importante para ti, Tim, como Dios te da la fortaleza, consigues tiempo para ello. Y si bien es cierto que una sola persona no puede curar los problemas de todo el mundo, sí puede hacer que las cosas sean mejores desde su propia esquina y luego pasar el espíritu de dar a quienes han de seguirlo. ¿Entiendes estas cosas que te estoy diciendo, Tim?».

Tim no respondió de inmediato. Con las manos apretadas frente a él, el fantasma de Scrooge estaba en silencio y esperaba pacientemente que Tim se enfrentara a su crisis personal.

Finalmente, Tim respondió con una voz suave, quebrada por la emoción, «Sí, Sr. Scrooge. Estoy comenzando a entender. Pero me temo que ya no tengo esa fortaleza. Yo he estado... muy enfadado. Enfadado con Dios. Devastado por la manera en que las cosas resultaron para mí, preguntándome dónde estaba Dios cuando las cosas salieron mal. ¿No había sido yo una buena persona? ¿Por qué a mí?». Girando para ver hacia afuera a través de la ventana, Tim continuó con una voz ronca y vacía, «me sentí abandonado y solo. Había perdido tanto» —Tim ahora apretó sus ojos para cerrarlos— «tantas cosas que eran importantes para mí. Y yo recé y recé y recé», continuó Tim, remarcando sus palabras con un ritmo enfadado.

«Yo le pregunto, ¿a dónde me llevó algo de eso? Dios no me respondió. Dios se quedó callado. Ahora... incluso usted se ha marchado. Mire... yo he tratado de trabajar en mi fe, pero llegué hasta el fondo. Solo estoy existiendo desde un largo día hasta el próximo. Solo estoy esperando que mi tiempo aquí termine. Yo fracasé. Yo fracasé». La voz de Tim estaba comenzando a tomar un borde histérico, peligroso, mientras hablaba con un ritmo furioso, le parecía más a él mismo que al fantasma de Scrooge. «Incluso no sé por qué estoy aquí. Yo no merezco estar aquí nunca más. Nunca podré redimirme. Nunca...».

Tim dejó de hablar por un momento, luego continuó con una voz desgarrada por la pena, «solo quiero estar muerto. Necesito estar muerto. Aquí ya no hay nada para mí. Nada tiene sentido ahora». Tim luego volteó para mirar al fantasma de Scrooge. «¿Usted no entiende?», gritó Tim. «¡Yo no quiero estar aquí nunca más!», dando la espalda al fantasma de Scrooge, y ahora para mirar hacia afuera a través de la ventana una vez más, añadió quedamente, «yo solo quiero que el dolor termine. Por favor... solo permite que haya un final».

«Yo sé que has estado enfadado, Tim», replicó Scrooge con una voz compasiva. «Incluso más, has estado sumamente herido, y eso afectó tu fe en Él. Pero tú *nunca* estuviste solo. Incluso cuando tú sentías que Él estaba tan alejado de ti, en ese momento era cuando Él estaba más cerca de ti. Nuestras circunstancias ciertamente cambian, pero su verdad nunca lo hace».

«Tim, escúchame. Trata de entender. La fe no se trata de creer que Él arreglará las cosas cuando algo salga mal porque tú has sido una buena persona. No es así como funciona. La verdadera fe es confiar en Él incluso cuando no entiendes el *porqué* de las cosas que le pasan a las personas buenas. Es una de las cosas más difíciles que se nos pide hacer. Quizás, la más difícil. Nuestra fe es sometida a una prueba especial en esos momentos que son los más sombríos en nuestras vidas, y nada parece tener sentido. Pero en ellas siempre tenemos opciones, y no estamos solos».

«Tú puedes escoger confiar en Él, incluso cuando no entiendes y puedes escoger estar feliz porque tú confías en Él con tu vida en Sus manos. Dios tiene un plan para ti, para todas las personas, porque Él ha proclamado, 'permanece quieto, y sabrás que soy DIOS'».

«¡¿Estar contento?!».

«Sí».

«¿Dios tiene un plan para mí?» Tim cuestionó con amargura.

«Sí».

«¿Y se supone que yo crea en Él incluso cuando mi vida es un desastre?»

«Sí, Tim. Una fe que no ha sido puesta a prueba no es ninguna fe. Dios dijo que habría tormentas en nuestras vidas, pero para ser honestos. Muchos, muchos fracasan y se alejan de Dios, no muy distintos a ti. Compara a tu fe con un barco en el mar. Como un barco que no se mueve en aguas calmadas, en la misma medida languidece tu fe. Pero la fe que permanece certera sobre las pruebas de la vida y las penas es muy, pero muy apreciada por Dios».

Tim no dijo nada por un momento. «Pero, Sr. Scrooge, ¿por qué Dios permite tanta miseria en el mundo, tanto odio y maldad?».

«¿No es el odio una opción?», el fantasma de Scrooge respondió, «¿o ser malvado una opción? Dios nos da el poder de elegir. Y son las elecciones que hacemos las que determinan nuestras vidas y afectan las vidas de las personas que nos rodean. Porque, ¿no es así que todos ayudamos a dar forma al mundo en el que vivimos?».

«Pero permíteme darte una respuesta incluso más directa: si bien Dios no es la fuente de nuestros problemas aquí en la tierra, yo sí creo que Él permite que estos problemas ocurran para enseñarnos algo importante que necesitamos aprender. Además, yo pienso que Dios, en algunos momentos, permite que ocurran dificultades en las vidas de las personas para ver cómo su fe crece, para prepararnos para un nivel más elevado de fe y conexión que está cada vez más y más cerca de Él. Y a medida que nuestras crecientes dificultades son equiparadas con la creciente fe, somos recompensados con un nuevo nivel de gracia de Dios. Solamente en la tormenta puedes ver la gloria de Dios en todo su esplendor».

«Así que, si nuestras vidas realmente están en Sus manos, entonces comienza a confiar en Él, y permite que Dios pelee tus batallas. Es a través de nuestra constancia en la fe mientras sufrimos que nos acercamos más a Dios y a Sus promesas. Así que, aprieta y sacude tu cansancio y desesperación. Sométete a Su voluntad y está contento, sin importar lo que haya acontecido o tus circunstancias. No te rindas. Confía en Él. Como ya está escrito, 'confía en el Señor con todo tu corazón, y no te apoyes en tu propio entendimiento'».

«Pero, ¿qué pasó con mis oraciones? Yo necesitaba que Dios me ayudara... y Dios no lo hizo», Tim insistió.

«Dios responde a la *fe*, Tim, no a las *necesidades*. ¿Tu oraste por algo o para que Él estuviera presente y te diera fortaleza en tu vida?».

Humillado, el rostro apenado de Tim miró hacia abajo hacia el suelo como si fuera capaz de encontrar allí una negación a las palabras del fantasma. Pero él no pudo. Él nunca le había dado a Dios ese tipo de fidelidad.

Sintiéndose tonto e indigno, Tim respondió con un murmullo sereno, «ahora estoy comenzando a entender un poco, Sr. Scrooge. Finalmente».

«Pero dígame entonces, si usted desea, si yo he fallado en mi fe, ¿por qué a Dios le importa?»

Los ojos del fantasma penetraban los suyos con una intensidad especial y no le dejaban escapar. Pero, con una gentileza en su voz que fue tan sorprendente como un acto de caridad, el fantasma de Scrooge respondió la pregunta de Tim, «porque Él es *misericordia* en sí mismo. Recuerda, antes de que tú atravesaras por tus pruebas, Él atravesó las suyas. Él entiende la angustia y la desesperación. Él entiende. Y porque Él entiende, yo mismo tuve una segunda oportunidad». El fantasma de Scrooge miró hacia abajo con una profunda humildad y luego hacia arriba para mirar a Tim y sonrió. «Y... ¿no estoy yo aquí *contigo* ahora?».

Respetuosamente, Tim hizo una pregunta más, «pero, Sr. Scrooge, hay muchas personas con problemas como el mío o quizás más graves. ¿Quién los va a ayudar a ellos?».

«Yo te ayudé a ti y a tú familia, ¿no fue así?», dijo el fantasma de Scrooge mientras le ofrecía su manga a Tim para que la tocara.

Tim rápidamente miró hacia arriba, sus ojos muy abiertos por la sorpresa. Pero antes de que él pudiera decir cualquier cosa, fueron transportados de nuevo misteriosamente a otro lugar; en esta oportunidad, a un viejo edificio de ladrillos rojos en las afueras de la ciudad.

«¿Dónde estamos ahora, Sr. Scrooge?». Tim preguntó con un tono de desconcierto en su voz.

«Este es el lugar adonde van las personas, Tim, cuando no tienen los recursos para estar en ningún otro sitio». «El hospicio», añadió después, casi como si pronunciar esas palabras pudieran romper su corazón.

«¿Qué hacen las personas aquí?» Tim preguntó con preocupación que se notaba en su voz.

«Tener esperanza, Tim. Solo tener esperanza. Esperanza de que alguien se preocupará lo suficiente para ayudarlos».

Ahora el fantasma de Scrooge y Tim se acercaron y escucharon mientras Scrooge conversaba con las personas a cargo.

«¿Todos están recibiendo suficiente para comer y tienen todo lo que necesitan?». Preguntó Scrooge con emoción con sus manos entrelazadas enfrente de él en una pose que hacía parecer que estuviera rezando.

«Oh sí, Sr. Scrooge. Todo gracias a usted», apreció el hombre a cargo.

«¿Puedo verlos solo por unos pocos minutos?», rogó Scrooge. «Es Navidad, usted sabe».

«Sí, Sr. Scrooge, lo sé, y por supuesto que usted puede», respondió el hombre amablemente, mostrando su admiración por el benefactor benevolente.

Tan pronto como los residentes escucharon que Ebenezer estaba allí, Scrooge nuevamente fue envuelto por un mar de rostros un poco más viejos que los anteriores, pero igual de contentos de verle.

«¡Ebenezer! ¡Ebenezer!», lo llamaban a medida que se acercaban para estrechar su mano extendida y se reunieron a su alrededor tan apretados que nadie podía casi moverse. Él tenía que estrechar cada mano o dar una palmada en cada hombro y abrazar a todos en una silla de ruedas de quienes estaban allí. Nada menos habría satisfecho a Scrooge ni habría estado contento hasta haber dicho «¡Feliz Navidad!» a cada rostro sonriente en ese grupo tan feliz de personas que solo querían tocarlo.

A medida que Scrooge avanzaba jubilosamente a través de su muchedumbre de amigos, el fantasma de Scrooge volteó hacia Tim quien estaba mirando la cálida escena embelesado y dijo, «debemos irnos ahora, Tim, mi tiempo aquí se acaba».

«Estas personas son tan buenas, Sr. Scrooge», replicó Tim al fantasma con un asombro afectuoso en su voz, «odio tener que partir».

Pero el fantasma de Scrooge insistió gentilmente ofreciendo su manga, y cuando Tim la tocó, fueron llevados a una parte de la ciudad que Tim definitivamente no reconoció. Era una parte pobre, en decadencia del pueblo, incluso mucho más pobre de donde él había pasado su propia infancia. Las casas no eran más que chozas cubiertas de lodo donde todo tipo de cosas extrañas y materiales de desecho eran usados para tratar de repeler al abrumador invierno. Las paredes eran negras por el hollín de incontables años, y las mugrientas ventanas, muchas con vidrios rotos remendadas con cartones y trapos, eran más que evidentes. Un riachuelo de agua fétida corría por el centro del frío y húmedo callejón donde ellos estaban parados, dándole al lugar una hediondez de decadencia.

«¿Dónde es esto, Sr. Scrooge?», preguntó Tim, desconcertado, arrugando su nariz por el olor, y mirando hacia un lado y hacia el otro de la calle para detectar una pista del misterio. Pero antes de que el fantasma pudiera responder, se abrió una puerta al otro lado de la calle, y un niño pequeño con una bufanda tan larga como él mismo (más larga, porque estaba tocando el suelo) salió corriendo.

«¡Vamos, Madre!», apuró el niño saltando con un entusiasmo infantil. «¡Por favor!»

Por la puerta ahora salió una linda jovencita con una cesta de mimbre rota en su brazo, unida con una cuerda y con una cinta sucia que alguna vez en su pasado pudo haber sido de un amarillo brillante. Ella parecía tener la misma edad que Tim, y Tim la miraba con un interés especial mientras la madre ponía la cesta abajo y volvía a sujetar la bufanda del pequeño niño para que no arrastrara por el suelo. Mientras miraba, Tim no pudo dejar de notar el abrigo deshilachado, remendado un sin fin de veces, de la madre, que caía muy suelto sobre su demacrado cuerpo o el abrigo del pequeño niño lleno de parches, que no era más que harapos.

«Qué extraño, Sr. Scrooge», Tim dijo suavemente con su voz quebrada por la lástima, «me parece que yo la conozco», mientras seguía haciendo un esfuerzo para ver mejor el rostro de la mujer que estaba parcialmente oculto para él.

«¡Realmente!», dijo el fantasma con fingida sorpresa y una mirada de reojo que Tim no notó porque sus ojos estaban preocupados en otra dirección.

«¡Oh, mi Dios!» Tim exclamó completamente sorprendido cuando finalmente la reconoció. «¡Es Becky!» En una avalancha de emociones en conflicto, Tim estaba sorprendido por los cambios en su aspecto físico y en sus circunstancias, pero su corazón también latía con tanta emoción y placer por verla de nuevo que él sentía que podía estallar. «¡Yo fui a la escuela con ella!», sin aliento pronunció su historia al fantasma de Scrooge. «Nosotros fuimos, uh... muy buenos amigos». Tim nunca reveló a Scrooge ni a su familia cuán profundos eran sus sentimientos por Becky, pues había sido muy tímido para expresarlo. Y Tim tampoco reveló a sus padres ni al viejo Scrooge que le había pedido a Becky que se casara con él o cómo ella fue arrancada de su vida como resultado de su amor por ella. «¡Becky!».

Sin pensarlo, Tim automáticamente comenzó a avanzar hacia Becky, pues la necesidad de estar con ella era tan fuerte que él no podía controlarla. Pero el fantasma de Scrooge lo detuvo.

«No, Tim. Ellos no pueden verte ni escucharte».

«¿Va ella a reunirse con su esposo?» preguntó Tim, esperando un sí por respuesta.

«No. Ella no tiene un esposo», el fantasma respondió sombríamente.

«¡No tiene un esposo!» Tim repitió con una voz elevada por la sorpresa y la preocupación.

«Él se ha ido, Tim», respondió el fantasma de una manera que hacía parecer innecesaria cualquier explicación adicional. «Toca mi manga, Tim, una vez más», dijo el fantasma de Scrooge suavemente, ofreciendo su brazo, y Tim gentilmente puso su mano sobre esta casi como por hábito, ya que él todavía estaba contemplando a Becky y al pequeño niño y pensando en todas las cosas que acababa de ver y de escuchar.

Ellos reaparecieron rápidamente en una esquina de una calle nevada de Londres donde estaban vendiendo y regateando árboles de Navidad, y un hombre de rostro rubicundo con un gran abrigo que llegaba hasta una pulgada, quizás dos, por encima de la punta de su zapato estaba completando la venta. Becky y su pequeño niño estaban esperando su turno para ser atendidos, y el niño iba obedientemente de un árbol a otro inspeccionando cada uno para su madre.

«¿Puedo ayudarla señora?» recitó el vendedor de árboles con la sonrisa de un mercader.

«Sí, nos gustaría saber... es decir... ¿cuál es el costo de los árboles de Navidad... de los más pequeños?», añadió ella rápidamente para dejar muy en claro que ella quería un árbol que no fuera tan costoso.

«Media corona», respondió el vendedor con una voz y una actitud que le hacía a uno creer que él pensaba que los estaba regalando a ese precio y que probablemente iría a la quiebra en cualquier momento debido a su generosidad.

«Oh, ¿tanto así?», dijo Becky rápidamente antes de que pudiera detener las palabras que salieron de un tirón. «Tendremos que ver», continuó y tomó la mano de su pequeño niño, quien ahora había bajado la mirada y contemplaba el suelo con desilusión.

A medida que se alejaban tomados de la mano, el pequeño niño miró a su madre y con tristeza dijo: «¿no podemos comprar ni el más pequeño, Madre?».

«Debemos comprar algo para comer, Jimmy. Después de eso, no quedará lo suficiente», explicó la madre disculpándose y luego con renovados bríos añadió, «pero conseguiremos algo y haremos un árbol de Navidad para nosotros, ¿verdad, Jimmy?».

«Sí, Madre», respondió el muchacho, tratando de sonar contento para que su madre no se sintiera mal, «y también será grandioso. ¡Estoy seguro!».

Mientras se alejaba, el pequeño Jimmy no vio la lágrima que corrió gentilmente por la mejilla de su madre ni pudo saber cómo sufría su corazón roto en silencio porque ella no podía ofrecerle una mejor vida. Tim pudo ver con claridad que la pobreza y las dificultades habían sido parte de sus vidas por muchos años. Sin embargo, Becky irradiaba una fortaleza interna que trascendía sus miserables circunstancias.

Becky, repentinamente, volteó y comenzó a toser nuevamente, pero en esta oportunidad era más severa. Una pequeña gota de sangre podía verse en su labio y ella rápidamente la limpió con el dorso de su mano. Después de recomponerse, Becky volteó hacia su pequeño niño. Y entonces... *ella sonrió.*

Becky y Jimmy

¡¿Qué?! El suelo debajo de Tim parecía moverse, como si algo importante estuviera pasando, pero el significado parecía estar más allá de su alcance inmediato. Tim solo contemplaba, aturdido por la escena que estaba presenciando. El coraje de Becky y la aceptación pacífica de su carga, de llegar hasta el final con dignidad, le hizo sentirse profundamente avergonzado. Instintivamente, sabía que había llegado al punto crucial de la aparición del fantasma. Tim ahora entendía que, por su parte, él había sido incompetente para las pruebas que eran parte de su vida. Y él vio que había una canción más poderosa que la amargura y el desespero. Becky le había enseñado eso. Con la confianza, la sumisión y la obediencia a la voluntad de Dios, la fe de Becky era imbatible.

El fantasma había hablado de una fe que era valiosa para Dios, de una fe que sostiene la verdad. Incluso con sus exiguas posesiones, su hambre, su miseria y su enfermedad, ella caminaba victoriosa. Su rostro lo traicionó y el calor de su vergüenza encendió sus mejillas. La boca de Tim se abrió y luego se cerró nuevamente. Él trataba de articular las emociones que lo inundaban, pero no podía. Él desesperadamente quería disculparse con alguien, con todos. Pero al final, él sabía con quién realmente quería disculparse. La misericordia inmerecida que le había demostrado era tan pura que lo dejó pasmado. Y ahora, él necesitaba responder esa misericordia haciendo *algo*. No podía permanecer quieto ni un minuto más; pero no tenía una idea real de por dónde comenzar.

«¡Oh! Sr. Scrooge, ¿qué les sucederá a ellos? ¿Puede usted ayudarlos? ¿Hay alguien que pueda ayudarlos?», Tim exclamó.

«Tú puedes responder eso por ti mismo, Tim, si el nombre de la *Navidad* significa más para ti que solamente una palabra. La Navidad, Tim, más que cualquier otro momento del año, es el tiempo cuando las personas de buena voluntad se unen en una sola voz de amor. Es un tiempo de caridad, de bondad y de perdón, un tiempo de benevolencia cuando los hombres, las mujeres y los niños intencionalmente abren sus corazones, renunciando a sus propios intereses de obtener más, pensando en compartir sus bendiciones con sus prójimos para dar más. Las necesidades de los pobres, ya sean pobres en espíritu o en las necesidades básicas, son más visibles en este tiempo del año, pero estas siempre están allí, y nosotros nunca debemos voltear nuestros ojos de quienes necesitan nuestra ayuda».

«Dios *está* siempre con nosotros, Tim. Él lloró contigo cuando corrías por la calle. Él te vio a través de los ojos del mendigo que no ayudaste. Y Él estaba ayudando a la pequeña niña que colocó la cruz en tu mano. Y Él está aquí... ¡justo ahora! Realmente, nosotros solamente somos salvados por la gracia de Dios que proviene de nuestra fe en Él. Todos nuestros viajes, sean fáciles o difíciles, son diseñados para que todos nosotros tengamos esa revelación, si solamente pudiéramos verlo. Pero a través de la salvación nos transformamos en nuevas criaturas de Dios, y por su ejemplo, es nuestra propia misión sagrada continuar su trabajo. Nosotros deseamos ser sus embajadores aquí en la tierra, primero con nuestras palabras sobre su gracias para con todos nosotros y luego comportándonos de una manera que complazca al Señor. *Dios está observando*... para ver qué hará cada uno de nosotros por los demás... y es glorificado por nuestras *acciones*».

«Tim, ¡ahora escúchame bien! Yo ya no puedo ayudar a nadie más. Yo ya estoy más allá de ese tipo de poder para hacer una diferencia. Ahora es tu turno... de ser una de esas luces en la oscuridad. Ahora depende de ti y de personas como tú. Todo depende de ti, Tim, recordar y continuar… *recordar... recordar... recordar...*» Las últimas palabras del fantasma continuaron en un eco a medida que se desvanecía... y entonces se había marchado como la noche de Navidad mientras miraba a Pequeño Tim durmiendo.

El Rostro de Dios

CAPÍTULO 6

Un Nuevo Espíritu de Navidad

¡Campanas! ¡Campanas! ¡El sonido estaba por todas partes! Todas las campanas de las iglesias, todas las campanas de los relojes de la ciudad. Incluso la campanilla del reloj sobre la chimenea en el piso de abajo se unió a la proclamación. ¡Mañana de Navidad! ¡Maravillosa mañana de Navidad! ¡Alegre, alegre mañana de Navidad!

Tim se sentó por completo en la cama, conmovido y humilde. Por primera vez en muchos años, él cerró muy despacio sus ojos y realmente dio gracias por sus muchas, muchas bendiciones. «Yo recordaré lo que significa la Navidad, Sr. Scrooge. Siempre». Y habiendo hecho esa promesa, Tim saltó fuera de la cama para comenzar su nueva misión, y su nuevo propósito que había aceptado del fantasma de Scrooge.

«¡Madre! ¡Padre! ¡Es Navidad! ¡Es Navidad! ¿Están despiertos?»

La Sra. Cratchit abrió sus ojos primero y llamó a Tim desde la habitación de sus padres. «Tim, aquí adentro».

Tim brincó hacia su habitación de un solo salto y nuevamente exclamó, «¡Es Navidad! ¡Es Navidad!».

Su madre y su padre sonrieron con sorpresiva alegría al ver el maravilloso cambio que le había ocurrido a su muchacho e inmediatamente saltaron de la cama y se unieron a Tim en su celebración, y todos se abrazaron y se besaron y rieron y bailaron alrededor y alrededor hasta que Tim recordó a Becky y a su pequeño niño.

«¡Becky!» dijo Tim en voz alta y corrió fuera de la habitación sin ninguna explicación por sus acciones.

«¿A quién mencionó, mi amor?» Cratchit preguntó a su desconcertada esposa.

«Becky», respondió ella rápidamente. «Él dijo 'Becky'», repitió ella, tratando de darle algún tipo de sentido al nombre.

Luego, con una rápida mirada de comprensión hacia Bob, ella dijo, «¿quiso decir... *su* Becky?».

Mientras tanto, Tim se estaba vistiendo con toda la velocidad que podía, y cuando estuvo listo, corrió fuera de la casa, gritando en su camino, «¡Ya regreso, Padre! ¡Ya regreso, Madre! ¡Ya regreso!», y su voz sonaba distante a medida que se alejaba.

Corrió por la calle, yendo más rápido de lo que el cuidado prudente permitiría sobre la nieve y el hielo resbalosos, corriendo hacia las tiendas que abrirían brevemente en la mañana de Navidad para atender las necesidades de último minuto de sus clientes.

A medida que se acercaba al distrito comercial, podía escuchar las voces de los villanciqueros navideños cantando «♩ *Vamos, Villancicos Navideños* ♩», y luego pasaron directo a «♩ *Suenan-Suenan-Suenan Las Campanas* ♩», y lo decían en serio, ya que entre ellos había varias campanas de mano que sonaban con gran entusiasmo cada vez que la palabra 'campana' era mencionada en el villancico navideño, y esto sucedía al comienzo de cada verso para el deleite de los músicos.

En las filas de estos maravillosos parranderos había hombre y mujeres, niños y niñas, jóvenes y viejos, ricos y pobres. Todos estaban allí con sus rostros sonrientes y sus voces cantando sus alabanzas por la promesa de la esperanza del día y por todas sus bendiciones.

¡Mañana de Navidad!

Cuando Tim tuvo a vista las tiendas, pudo ver que la pollería estaba abierta, y esa sería su primera parada. Estaba sorprendido por la cantidad de personas que no habían buscado su ave el día anterior y tuvo que esperar en la fila para ordenar. Finalmente, cuando el pollero dijo «siguiente», Tim avanzó y con un destello en sus ojos, saludó al hombre cálidamente, «una muy feliz, feliz Navidad para ti, Tom».

«Feliz Navidad para ti también, Tim», balbuceó Tom, sorprendido de verlo allí.

«Pienso que será un ganso», dijo Tim —tanto como para él como para Tom. «Sí, un ganso para Navidad», añadió ahora con certeza. «No uno muy grande, uno que sea suficiente, pudiera ser, para tres».

«Pensé que tu madre ya había buscado su ganso, Tim», respondió el pollero. «¿No lo recibió ayer?».

«Este no es para nuestra familia», explicó Tim con una sonrisa que Tom reconoció como la de alguien que está comprando un regalo.

Buscando un ganso ahora con los ojos entrecerrados de un maestro pollero, Tom seleccionó particularmente una bella ave, redonda y esponjosa para observar y luego presentó el ganso de largo cuello para que Tim lo inspeccionara.

Tim examinó el ave con gran cuidado, no queriendo parecer como si él nunca hubiera hecho este tipo de cosas antes, y luego, con su mejor voz de tranquila autoridad, respondió «buena elección, Tom».

«Serán uno y seis, Tim», informó el hombre sonriente e intercambió al ave por el pago.

«Una feliz Navidad, Tom», le deseó Tim nuevamente, «y para toda tu familia también», recordó, y él y el ganso salieron corriendo hacia su próxima parada.

Justo en esa misma calle había una tienda de juguetes, y es allí hacia donde se dirigía ahora con grandes expectativas. *Tintín, tintín*, sonó la pequeña campana arriba de la puerta de la juguetería cuando entró y se unió a la feliz banda de compradores navideños de último minuto que ya se encontraban allí. Rápidamente inspeccionó muchas cosas con su mirada experimentada, y ciertamente tenía una porque, ¿no había sido él mismo un niño y el dueño de esas cosas?

«Sí», se dijo a sí mismo complacido y satisfecho con su selección cada vez que añadía algo a la creciente provisión de juguetes debajo de su brazo.

Finalmente, tenía todo lo que quería, pagó por ellos, y salió de la tienda con un destino definido en mente. Ahora caminaba vigorosamente, llevando su maravillosa carga, determinado a mantener la promesa que había hecho. En minutos, se encontró con un hombre que estaba vendiendo árboles de Navidad en una esquina.

«¿Buscando un árbol?», le preguntó el hombre a medida que Tim se acercaba, subiendo su voz al final de la oración para dar a entender que se trataba de una pregunta.

«Sí», respondió Tim con un tono absoluto que le dijo a este mercader que se trataba de una venta segura. Se necesita mucho cuidado, pensó Tim, para escoger justo el árbol indicado para esta ocasión especial, solo el árbol indicado para estas personas especiales.

«Este», dijo Tim rápidamente, señalando con su codo al árbol más alto de los que allí había.

«¡Uno bueno, debo reconocerlo, señor!», dijo el vendedor de árboles mostrando su aprobación y se movió rápidamente para cerrar el trato. Tim le pagó al hombre igual de rápidamente y se movió hacia otro hombre que estaba sentado sobre un carruaje un poco más adelante en la calle.

«Usted, ¡cochero! ¿Está disponible o ya fue tomado?», dijo Tim, con una expectativa optimista.

«¡Estoy disponible, señor!» Respondió el cochero con la misma expectativa optimista por el pensamiento de conseguir un cliente que le pague.

Viendo que Tim tenía mucho que cargar —y no tenía suficientes brazos— el cochero rápidamente desocupó su asiento en la plataforma y se apresuró para ayudar a Tim. Después de que todos los regalos fueron puestos en el carruaje y el largo árbol de Navidad asegurado en la parte trasera, el cochero subió a su puesto con Tim a su lado y preguntó, «¿hacia dónde, señor?».

Tim contempló la calle sin saber y luego, con desconcierto, respondió, «¡no estoy seguro!». Todo lo que él sabía era que Becky vivía en una parte muy pobre de la ciudad y que él había visto un nombre sobre un letrero en la calle. Por un momento de angustia, Tim frenéticamente buscó en su mente para recordar el nombre del letrero cerca de la casa de Becky de la aparición de la noche anterior. Luego, con un estallido de emoción por haberlo recordado, explotó: «¡Calle Herald! ¿Sabe usted dónde está la Calle Herald?»

El cochero pasó su dedo por su boca mientras ponderaba la pregunta con un gran esfuerzo porque no quería perder su tarifa

—especialmente porque ya habían cargado todo y estaban listos para partir— pero principalmente porque él podía ver que significaba mucho para Tim. Luego, con un gran júbilo que se notaba en su voz, declaró, «¡lo recuerdo ahora, señor!» Y soltó el freno con un ademán.

Avanzaron por la calle y luego al galope, con gran expectativa, todos los cuatro rostros sonrientes brillando —incluso los caballos estaban sonriendo— con una nueva esperanza en sus corazones ante la posibilidad de encontrar a la elusiva Calle Herald.

Encontrando a Becky

Después de lo que pareció una eternidad para Tim, el cochero redujo la velocidad y el conductor miraba con detenimiento a través de esta vieja parte de la ciudad, cuadra por cuadra. El área era tan sombría que las únicas pizcas de evidencia de que allí había vida era el humo negro que brotaba de cada chimenea y dos gatos desaliñados, flacos como obleas, afuera, en su búsqueda de comida matutina para desayunar.

«¿Está usted seguro de que es por este camino?», Tim preguntó con nerviosismo a medida que el éxito parecía una promesa más distante con cada calle que cruzaban.

«Estaba casi seguro de que estaba por aquí, señor», respondió el cochero ahora con un tono de disculpa y con palabras que no sonaban para nada seguras.

Mientras avanzaban hasta alcanzar a ver el letrero de la última calle, Tim se levantó de un salto, y con emoción desenfrenada, gritó: «¡Allí está! ¡Calle Herald! ¡La hemos encontrado!»

«¡La veo, señor!», también gritó el cochero con la misma felicidad descontrolada que Tim había mostrado al encontrar la calle.

Girando en la esquina ahora, comenzaron a avanzar por la Calle Herald con edificios desgastados alineados a ambos lados de la calle hasta donde el ojo podía ver.

«¿Qué lugar es este, señor?», preguntó el cochero animadamente, todavía burbujeando felicidad por su buena suerte.

«¡No lo sé!», Tim respondió con una frustración que se notaba en su voz. «Solamente he estado allí una vez anteriormente. Conduzca por la calle despacio, y yo trataré de encontrar algo que luzca familiar».

El cochero avanzaba despacio mientras Tim con evidente agonía inspeccionaba cada ventana, cada lámpara en la calle, cualquier cosa que él pudiera ser capaz de reconocer; sin embargo, nada parecía familiar. Más adelante ahora, Tim pudo ver que la Calle Herald llegaba a su final justo después de la esquina, y su corazón se desplomó por el pensamiento de no poder encontrar a Becky y a Jimmy después de haber estado tan seguro de que podría hacerlo.

«Parece que termina allí adelante, señor», dijo el cochero con aparente tristeza en su voz.

Pero entonces, cuando cruzaron la última esquina y la última oportunidad, Tim miró hacia la calle que estaban cruzando, y un pequeño niño con un viejo abrigo hecho jirones salió por la puerta de la segunda casa desde la esquina.

«¡Deténgase!» gritó Tim con tal exuberancia que su voz hizo todo el recorrido hasta la casa del pequeño niño, y su madre salió para ver qué estaba pasando.

Saltando del asiento del carruaje, sin importarle lo resbaloso de la nieve y del hielo, Tim se apresuró hacia la preciosa joven sin haber pensado la explicación de su presencia y, ofreciéndole su mano a ella, agradecidamente dijo su nombre, «B-e-c-k-y…».

Por un momento, Becky solo estuvo parada allí viendo a Tim con una mirada escrutadora sin reconocerlo, porque Tim también había cambiado con el transcurso de los años. Entonces, muy despacio, una expresión de asombro y sorpresa cruzó su delicado rostro. Mientras quitaba nerviosamente un mechón de su cabello de su frente, ella dijo casi con una voz inaudible: «¿Tim?»

Tim solamente podía responder con el movimiento de su cabeza, tan lleno de alegría estaba su corazón ante la visión de Becky.

«He venido a buscarte, Becky», finalmente logró decir. «¡Gracias a Dios, lo he hecho!».

Becky extendió su mano hacia él, y Tim la tomó con ternura entre sus dos manos de una manera gentil y cariñosa. Por un momento, los dos solo estuvieron de pie mirándose sin decir una palabra. Entonces Becky dijo con una voz muy suave, «he pensado en ti con frecuencia, Tim».

Salvo por el instante cuando tomo aliento, pienso en ti solamente cuando exhalo…

Tim apretó mucho más su pequeña mano a medida que respondía y luego miró hacia abajo al pequeño niño a su lado. «Y este es Jimmy», dijo Tim con suavidad.

«Sí, pero cómo pudiste…»

Ella no pudo completar su pregunta porque Tim la interrumpió con un «alguien me lo dijo; un amigo», mientras colocaba su mano en la cabeza del pequeño niño y gentilmente acariciaba su cabello.

En este justo momento, solo por un instante, Tim vio al fantasma de Scrooge parado al otro lado de la calle sonriéndole y sosteniendo arriba tres dedos. Tim sonrió como respuesta, porque ahora había entendido quiénes eran las tres personas que el fantasma necesitaba ayudar.

Tim ahora volteó hacia Becky e hizo la pregunta más importante de su vida: «yo quiero ayudarte, Becky. ¿Me lo permites?».

«¡Oh, Tim, Jimmy y yo podemos arreglarnos, honestamente!», respondió Becky, avergonzada.

«Yo sé que tú puedes, Becky, pero yo no puedo... ¡no sin ti! ¡Yo te amo!». Llorando y riendo al mismo tiempo, Tim exclamó: «siento como si hubiera estado dormido por un largo, muy largo tiempo, sin ver y sin prestar atención. Pero ahora, ¡estoy despierto!». Él miró fijamente los claros ojos marrones de Becky. «¡Me siento vivo! ¡Y no puedo perder un solo minuto más de todo esto!»

La sonrisa de sorpresa de Becky por las maravillosas palabras de Tim y su gentil apretón de manos era toda la respuesta que Tim necesitaba. Él miró más allá entonces para encontrar al pequeño Jimmy parado junto al carruaje mirándolo con ansiedad e incertidumbre en su pequeño rostro y rápidamente lo llamó: «¡Jimmy! ¡Ven acá!».

«¿Yo?» respondió Jimmy, señalando hacia su pecho. «¿Usted me quiere?» Él caminó despacio hacia donde Tim y Becky estaban de pie juntos, agarrados de las manos.

«Por supuesto que sí», respondió Tim. «¡Nosotros te necesitamos, Jimmy!, nosotros ahora vamos a ser una familia; es decir, si tú lo deseas».

Jimmy miró la sonrisa que su madre tenía por Tim, y luego miró por un largo momento en los ojos de Tim sin ninguna expresión, buscando ver si Tim realmente sentía lo que acaba de decir. Despacio, Jimmy se relajó y sonrió mientras se acercaba hacia la mano extendida de Tim, quien lo abrazó.

«¡Oh, mi muy querida Becky, la Navidad más feliz de todos los tiempos!», le deseó Tim a ella con toda la devoción de su corazón mientras la acercaba a él. «¡Y que Dios nos bendiga y bendiga a todos!»

***

Y fue así como, en ese buen día del año, el día de Navidad, tres personas se encontraron y recibieron el mayor regalo del mundo: *el amor*. Que este realmente sea el regalo que cada uno de nosotros concedemos, entre nosotros mismos.

La Reunión

Canciones de los Villancicos Navideños

Have A Very-Very Merry-Merry Christmas
[Que Tengas Una Muy-Muy Feliz-Feliz Navidad]
Norman Whaler

HAVE A VERY-VERY MERRY-MERRY CHRISTMAS — [QUE TENGAS
 UNA MUY-MUY FELIZ-FELIZ NAVIDAD]
WITH LOTS OF CHRISTMAS CHEER — [CON MUCHA ALEGRÍA
 NAVIDEÑA]
AND ALL THE THINGS — [Y TODAS LAS COSAS]
THAT CHRISTMAS BRINGS — [QUE LA NAVIDAD TRAE]
THIS SEASON OF THE YEAR — [ESTA ÉPOCA DEL AÑO]

HAVE A VERY-VERY MERRY-MERRY CHRISTMAS—[QUE TENGAS
 UNA MUY-MUY FELIZ-FELIZ NAVIDAD]
THE BEST ONE THERE CAN BE—[LA MEJOR QUE PUEDA EXISTIR]
AND THE SAME THING GOES—[Y LO MISMO LE DESEAMOS]
FOR ALL OF THOSE—[A TODOS LOS QUE ESTÁN]
AROUND YOUR CHRISTMAS TREE—[ALREDEDOR DE TU ÁRBOL DE
 NAVIDAD]

AND WHILE I'M MAKING WISHES—[Y MIENTRAS PIDO MIS
 DESEOS]
OF THINGS I'D LIKE TO SEE—[POR LAS COSAS QUE ME GUSTARÍA
 VER]
I'LL WISH A MERRY CHRISTMAS-TO ME—[ME DESARÉ UNA FELIZ
 NAVIDAD PARA MÍ]

HAVE A VERY-VERY MERRY-MERRY CHRISTMAS—[QUE TENGAS
 UNA MUY-MUY FELIZ-FELIZ NAVIDAD]
AND IF MY WISH COMES TRUE—[Y SI MI DESEO SE TORNA
 REALIDAD]
YOU'LL HAVE A MERRY CHRISTMAS NOW—[TÚ TENDRÁS UNA
 FELIZ NAVIDAD AHORA]
AND HAVE ONE NEXT YEAR TOO—[Y TAMBIÉN LA TENDRÁS EL
 PRÓXIMO AÑO]

Have a Very-Very Merry-Merry Christmas

With Spirit

WHALER

Norman Whaler

Christmas All Year 'Round
[La Navidad Dura Todo El Año]
Norman Whaler

EVERYTHING THAT I SEE — [TODO LO QUE VEO]
IS SAYING TO ME — [ME ESTÁ DICIENDO]
CHRISTMAS TIME IS GETTING NEAR — [QUE LA NAVIDAD SE
    APROXIMA]
AND BEFORE YOU KNOW — [Y ANTES DE QUE TE DES CUENTA]
THERE'LL BE PLENTY OF SNOW — [HABRÁ MUCHA NIEVE]
AND SLEIGH BELLS — [Y CASCABELES]
AND THOUGHTS OF GOOD CHEER — [Y PENSAMIENTOS DE BUENA
    VOLUNTAD]

ALL THE BRIGHT LIGHTS AGLOW — [TODAS LAS LUCES
    BRILLANTES RESPLANDECEN]
WHEREVER I GO — [A DONDE QUIERA QUE VOY]
REMIND ME OF CHRISTMASES PAST — [ME RECUERDA LAS
    NAVIDADES PASADAS]
AND THE CAROLS BEING SUNG — [Y LOS VILLANCICOS
    CANTADOS]
WHILE THE STOCKINGS ARE HUNG — [MIENTRAS SE CUELGAN
    LAS MEDIAS]
MAKE ME WISH — [ME HACE DESEAR]
CHRISTMAS COULD LAST — [QUE LA NAVIDAD PUDIERA DURAR]

'CAUSE IT'S THE TIME OF THE YEAR — [PORQUE ES EL MOMENTO
    DEL AÑO]
WHEN CHRISTMAS IS NEAR — [CUANDO SE ACERCA LA NAVIDAD]
THAT ALL THE WORLD SEEMS RIGHT — [QUE TODO EL MUNDO
    PARECE ESTAR BIEN]
SO, PUT A LOG ON THE FIRE — [ASÍ QUE PON LEÑA EN EL FUEGO]
SO, THE FLAME WILL GO HIGHER — [PARA QUE LA LLAMA SEA
    MÁS GRANDE]
AND MAKE THE YULETIDE BRIGHT — [Y HAZ QUE LA NAVIDAD
    BRILLE]

OH, I JUST LOVE TO SEE — [OH, ME ENCANTA VER]
A GREEN CHRISTMAS TREE — [UN VERDE ÁRBOL DE NAVIDAD]
AND FOLKS ON THEIR WAY HOMEWARD BOUND — [Y A LOS
    COMPAÑEROS DE CAMINO A CASA]
AND EVERYTIME I SEE — [Y CADA VEZ QUE VEO]
A CHRISTMAS TREE — [UN ÁRBOL DE NAVIDAD]
I WISH IT COULD BE CHRISTMAS — [YO DESEO QUE OJALÁ
    PUDIERA SER NAVIDAD]
ALL YEAR 'ROUND — [DURANTE TODO EL AÑO]

Christmas All Year 'Round

Moderato

WHALER

Ring-Ring-Ring the Bells
[Suenan-Suenan-Suenan Las Campanas]
Norman Whaler

RING-RING-RING THE BELLS — [SUENAN-SUENA-SUENAN LAS
    CAMPANAS]
TOLL THEM FOR ALL TO HEAR — [QUE REPIQUEN PARA QUE TODOS
    ESCUCHEN]
RING-RING-RING THE BELLS — [SUENAN- SUENAN- SUENAN LAS
    CAMPANAS]
TELL THEM THE CHILD IS HERE — [DICIÉNDOLES QUE EL NIÑO ESTÁ
    AQUÍ]
BRIGHTEST STAR ABOVE — [QUE LA ESTRELLA MÁS BRILLANTE EN EL
    FIRMAMENTO]
 GUIDE THE WAY TONIGHT — [GUÍE EL CAMINO ESTA NOCHE]
TO THE PLACE IN BETHLEHEM — [AL LUGAR EN BELÉN]
BATHED IN HOLY LIGHT — [BAÑADO POR LA LUZ SAGRADA]

RING-RING-RING THE BELLS — [SUENAN- SUENAN- SUENAN LAS
    CAMPANAS]
TO GIVE THE WORLD A SIGN — [PARA DARLE AL MUNDO UNA SEÑAL]
OF THE VIRGIN BIRTH — [DEL PARTO DE LA VIRGEN] — OF THE CHILD
    DEVINE — [DEL NIÑO DIVINO]
BLESSED SON OF GOD — [BENDECIDO HIJO DE DIOS] — BRINGING US HIS
    LOVE — [DÁNDONOS SU AMOR]
HOLY LIGHT SHINES DOWN ON HIM — [LAS LUCES SAGRADAS BRILLAN
    SOBRE ÉL]
FROM THE STAR ABOVE — [DE LA ESTRELLA EN EL FIRMAMENTO]

RING-RING-RING THE BELLS — [SUENAN- SUENAN-SUENAN LAS
    CAMPANAS]
TELL OF HIS HOLY GRACE — [HABLAN DE SU GRACIA DIVINA]
WISE MEN JOURNEY TO — [EL VIAJE DE LOS HOMBRES SABIOS]
LOOK ON HIS HEAVENLY FACE — [PARA ADMIRAR SU ROSTRO
    CELESTIAL]
BORN THE KING OF KINGS — [NACIÓ EL REY DE REYES]
SACRED HEART SO PURE — [CORAZÓN SAGRADO TAN PURO]
GOD THE FATHER GAVE HIS SON — [DIOS EL PADRE LE DIO A SU HIJO]
ETERNAL LOVE TO INSURE — [PARA ASEGURAR AMOR ETERNO]

RING-RING-RING THE BELLS — [SUENAN- SUENAN- SUENAN LAS
    CAMPANAS]
WHILE ANGELS' VOICES SING — [MIENTRAS LAS VOCES DE LOS ÁNGELES
    CANTAN]
OF JOY TO THE WORLD — [SOBRE LA DICHA DEL MUNDO]
OUR SAVIOR'S BIRTH WILL BRING — [EL NACIMIENTO DE NUESTRO
    SALVADOR TRAERÁ]
HOLY, HOLY CHILD — [AL NIÑO SAGARDO] — HEAR THE ANGELS SAY —
    [ESCUCHO A LOS ÁNGELES DECIR]
JESUS CHRIST, THE PRINCE OF PEACE — [JESUCRISTO, EL PRÍNCIPE DE LA
    PAZ]- IS BORN TODAY — [NACIÓ HOY]

Ring-Ring-Ring The Bells

O' Come, You Christmas Carolers
[Vamos, Villancicos Navideños]

Norman Whaler

O' COME, YOU CHRISTMAS CAROLERS — [VAMOS, VILLANCICOS
    NAVIDEÑOS]
SING THE NEWS TO EV'RY EAR — [CANTA LA BUENA NUEVA A
    CADA OIDO]
HAS COME FOR US A SAVIOR — [HA VENIDO POR NOSOTROS UN
    SALVADOR]
BORN TODAY SO SMALL A PURE — [NACE HOY TAN PEQUEÑO Y
    PURO]

O SEE HIM IN HIS MANGER — [O, VELO EN SU PESEBRE]
MARY'S CARING FOR HER CHILD — [MARIA CUIDANDO DE SU
    HIJO]
AND JOSEPH'S NEAR SO HE'LL PROTECT — [Y JOSÉ DE CERCA PARA
    PROTEGERLOS]
CHOSEN MOTHER, HOLY CHILD — [MADRE ESCOGIDA PARA EL
    NIÑO SAGRADO]

LISTEN, ALL YOU PEOPLE, TO THE MESSAGE — [ESCUCHEN TODOS
    EL MENSAJE]
THAT THE CAROLERS SING — [QUE LOS VILLANCIQUEROS
    CANTAN]
THEY ARE TELLING OF THE JOY — [ESTÁN HABLANDO SOBRE LA
    ALEGRÍA]
THIS LITTLE BABE WILL BRING — [QUE ESTE PEQUEÑO BEBÉ
    TRAERÁ]

SO COME, YOU CHRISTMAS CAROLERS — [ASÍ QUE VAMOS,
    VILLANCICOS NAVIDEÑOS]
SING THE NEWS YOU'VE COME TO SING
[CANTEMOS LA BUENA NUEVA QUE HAN VENIDO A CANTAR]
IT'S GLORY TO OUR SAVIOR — [ES LA GLORIA DE NUESTRO
    SALVADOR]
JESUS CHRIST, THE NEWBORN KING — [JESUCRISTO, EL REY
    RECIÉN NACIDO]

O Come You Christmas Carolers

Créditos de las ilustraciones

Arte de la portada, Stewart Sherwood

Pequeño Tim Cratchit, Norman Whaler

«♪ Que Tengas Una Muy-Muy Feliz-Feliz Navidad ♪» Stewart Sherwood

Becky y Tim, victorianpicturelibrary.com

La Tormenta, Dreamstime.com

«¿Un poco de acebo para su Navidad?», victorianpicturelibrary.com

Rezando Por Un Milagro, victorianpicturelibrary.com

«Tiiiiiiiiiimm...», Norman Whaler

El Fantasma de Scrooge, Coolclips.com

El Viejo Scrooge, Ggchristmas, Clipartof.com

Becky y Jimmy, Artista Ley

El Rostro de Dios, Fotosearch.com

La Mañana de Navidad, www.marg.com.uk

Encontrando a Becky, J. L. Williams, webweaver.nu

La Reunión, 123rf.com

Canciones de Los Villanciqueros, clipartbest.com

Reconocimiento

TWINKLE, TWINKLE, LITTLE STAR
[ESTRELLITA DÓNDE ESTÁS]
Rima infantil
Anne y Jane Taylor
Londres, 1806

¡Feliz Navidad!

Norman Whaler es de Grosse Pointe, MI, vivió en Londres, Reino Unido, y actualmente vive en los EUA. Estudió literatura inglesa en la Universidad Estatal Middle Tennessee y es miembro de SCBWI (Society of Children's Book Writers and Illustrators), Sociedad de Escritores e Ilustradores de Libros Infantiles). Este libro de Navidad está dedicado a su difunta esposa y amor, Patricia Aybar Whaler.

normanwhaler.com

Norman Whaler (padre), pianista y compositor, escribió nuevos Villancicos Navideños para el libro añadiendo un bello telón de fondo a las Navidades de la Inglaterra victoriana. Él vivió el espíritu navideño todos los días. Falleció en 2011.